MIX
Papier aus verantwortungsvollen Quellen
FSC® C014496

Umschlaggestaltung: Wolfgang Heinzel
Umschlagmotiv: nach einer Fotografie von
mauritius images/J. Warburton-Lee
Satz: VerlagsService Dietmar Schmitz GmbH, Heimstetten
Gesetzt aus 11,25/15 pt Adobe Garamond Pro
Druck und Binden: GGP Media GmbH, Pößneck
Printed in Germany
ISBN 978-3-7844-3372-1

Auch als ebook

www.langen-mueller-verlag.de

Lotte Ingrisch

Als ich merkte, dass ich gestorben bin

Ein Jenseits-Krimi

Langen*Müller*

Lotte
Ingrisch

Als ich merkte,
dass ich
gestorben
bin

INHALT

EIN BÖSER TRAUM

Ich erwachte mit einem Zettel am großen Zeh, auf dem mein Name stand. Natürlich glaubte ich, noch immer zu träumen. Als eine junge Dame im weißen Laborkittel an mir vorüberging, wackelte ich übermütig mit besagtem Zeh. Statt auf meinen Flirtversuch einzugehen, fing sie laut an zu schreien. Im nächsten Augenblick stürzte ein Herr, gleichfalls in Weiß, herein und rief erschrocken: »Ist der Totenschein schon ausgestellt?«

Nun habe ich schon alles mögliche Verrückte geträumt, man wacht auf und vergisst es. Warum wollte ich diesmal nicht und nicht aufwachen? Vielleicht war es gestern Abend doch ein Glas zu viel. Oder zwei. Oder drei. Ich ergab mich und träumte weiter. Oder vielmehr, ich fiel in einen schwarzen Tiefschlaf, aus dem ich angenehm erfrischt von der jungen Dame in Weiß geweckt wurde. Diesmal schrie sie nicht, sondern machte sich auf eine Weise an mir zu schaffen, die mich zu einem scharfen Kuss ermutigte, den sie allerdings nicht erwiderte. Ich gab nicht auf, doch war es, als küsste ich Luft.

Mein Gott, das tat ich ja wirklich! Ich küsste die

Luft, und nicht genug damit, griff ich mit beiden Händen einfach durch die Schöne hindurch. Verwirrt sprang ich mit einem Satz aus dem Bett, was die Betreffende nicht im Mindesten störte – sie ging weiter ihrer Beschäftigung mit mir nach.
Tatsächlich lag ich noch immer auf dem Bett, während ich doch mit wachsendem Entsetzen davorstand. Als ich merkte, dass ich gestorben bin, war ich ganz schön deprimiert.

Und dann fiel es mir wieder ein. Der Mann mit der dunklen Brille, der traurig einen Schein nach dem anderen vor mich hinblätterte. »Ich bringe es selbst nicht übers Herz«, murmelte er, während ich das Geld, nicht ohne es zu zählen, gelassen einstreifte. »Ich bin viel zu sensibel.« Ich nickte. Eine Krankheit, an der ich selbst nie gelitten habe, der ich aber einen guten Teil meiner Aufträge verdanke.
Beim letzten hat es mich erwischt. Der Zeitpunkt hätte kaum unpassender sein können. Sie kommt, wie besprochen, aus dem Kino, unterm Hemd hab ich schon die Hand am Revolver, und dann das! Mein Opfer, zu dessen Füßen ich auf einmal liege, ruft die Rettung und macht, statt zu sterben, Mund-zu-Mund-Beatmung mit mir. Einen derart würdelosen Tod hab nicht einmal ich verdient.

DER TOD EINES KILLERS

So geärgert habe ich mich nicht mehr, seit mir, während ich geduldig einen Millionär erwürgte, ein Taschendieb die Brieftasche samt dem Honorar zog. Ich bin Berufskiller, na und? Ich habe mein Geschäft immer anständig gemacht, sauber und schmerzlos. Während mein eigener Herzschlag ganz schön wehgetan hat. Jetzt nicht mehr, natürlich. Aber etwas anderes quält mich. Ich habe gegen Vorauszahlung gearbeitet, billig war ich nicht, und das Opfer lebt. Das ist gegen meine moralischen Grundsätze. Ich bin immer seriös gewesen. Wie kann ich das wiedergutmachen?
Mein Körper liegt jetzt auf einer Bahre und wird fortgetragen. Zuerst laufe ich protestierend mir selbst nach. Bis ich registriere, dass ich offenbar nicht mehr ich selbst bin. Darüber müsste ich nachdenken, aber ich bin viel zu nervös. Eine Zigarette wäre jetzt gut. Und etwas Alkoholisches. Vor allem etwas Alkoholisches.

Mein Opfer steht noch immer an der finsteren Straßenecke, wo ich sie meucheln wollte, herum. Hat sie nichts Besseres zu tun? Jetzt, als hätte sie meine Gedan-

ken erraten – interessant, ich denke ohne Gehirn –, stürzt sie ins nächste Kaffeehaus. Da ich sonst nichts vorhabe, folge ich ihr. Warum der Ehemann sie loswerden wollte, kann ich nicht ganz nachvollziehen. Eine appetitliche Person, kaum älter als dreißig, an den richtigen Stellen gerundet. Jetzt bestellt sie, und was? Schnaps und Zigaretten. Eine Seelenverwandte. Ich fühle mich magnetisch angezogen.
Aber gibt es das? Hätte ich nie für möglich gehalten. Als wäre sie eine Erscheinung, gehe ich einfach in sie hinein. Widerstandslos. Dabei bin doch *ich* die Erscheinung – oder? Sie scheint nichts zu bemerken. Auch nicht, dass ich mittrinke, mitrauche, tut das gut! Hab ich wirklich gebraucht. Gutes Kind, sie bestellt noch einen. Zündet die nächste Zigarette an. Betrinke ich mich telepathisch? Ein Glück jedenfalls, dass sie nicht tot ist.
Wie ich. Aber den Tod hab ich mir anders vorgestellt. Oder vielmehr, ich hab ihn mir überhaupt nicht vorgestellt. Schon gar nicht, dass man ihn überlebt. Obwohl ich nicht lebe, schließlich habe ich klar und deutlich meinen Leichnam gesehen. Aber was tue ich dann, wieso bin ich noch immer da?

»Ich bin«, erklärt sie leicht lallend dem Herrn am Nebentisch, »eigentlich Antialkoholikerin. Und rauche prinzipiell nicht.« Der Mann schaut sie peinlich überrascht an und beeilt sich, zu zahlen. Noch einen Schnaps, noch eine Zigarette? Sehr angenehm. Aber hoffentlich kommt sie heil nach Haus.

Nach Haus, fällt mir ein, zu ihrem mörderischen Ehemann. Armes Ding! Wird er sie selbst umbringen oder engagiert er die Konkurrenz? Ich stelle fest, dass mir beides missfällt. Hat mich der Tod sentimental gemacht? Das will ich nicht hoffen. Ein sentimentaler Killer ist völlig ungeeignet für den Beruf.

Allerdings, Killer bin ich wohl nicht mehr. Ich könnte keine Pistole halten, kein Messer. Ich greife durch alles durch. Als wäre die Welt nicht fest, sondern, ja was? Dabei hat sie sich überhaupt nicht verändert. Sie schaut aus wie vorher, sie hört sich an wie vorher. Nur, dass ich sie nicht mehr berühren kann. Ja, und unsichtbar bin ich offenbar auch, sonst hätte mich das Opfer bemerkt. Um sicherzugehen, probiere ich etwas aus. Ich setze mich an den freien Tisch, von dem der Herr vorhin die Flucht ergriffen hat, und bestelle laut einen Kaffee. Der Ober ist entweder taub oder … nein, taub ist er nicht. Unhörbar, wie ich mir schon gedacht habe. Unhörbar bin ich jetzt auch.

Bestellt das Opfer einen vierten Schnaps? Das wäre mindestens einer zu viel, nicht einmal ich würde noch einen trinken. Ah, sehr vernünftig. Sie will nur Kaffee haben. Will ich auch. Besteht da womöglich ein Zusammenhang? Dirigiere ich ihre Wünsche? Ganz schön aufregend. Da könnte ich ja ... Mir wird direkt schwindelig von den Perspektiven, die sich da auftun. Zum Beispiel könnte ich das Opfer als Mordwaffe einsetzen. Allerdings, ich habe keine Aufträge mehr. Auch keine Feinde, ein Gefühlsmensch war ich nie. Ich hab nicht verstanden, wie man jemanden so leidenschaftlich hassen kann. Oder so leidenschaftlich lieben, kommt auf dasselbe heraus. Ich bin eher praktisch veranlagt – oder vielmehr, *war*. Bin ich es, überlege ich, immer noch?

VERÄNDERN WIR UNS, WENN WIR STERBEN?

Eine interessante Frage. Ich werde mich scharf beobachten, ob ich noch derselbe bin. Zwar habe ich nie an eine Seele geglaubt. Wäre aber zu komisch, wenn ich jetzt selbst eine … Eine schwarze vermutlich. Automatisch schaue ich an mir selber herunter. Statt wie gewöhnlich in Jeans und Pullover, stecke ich in einem veilchenblauen Samtanzug. Hab ich mich im Sarg umgezogen? Nein, ich lieg ja noch gar nicht im Sarg. Wahrscheinlich bin ich noch nicht einmal tiefgekühlt.

Ich versteh den Tod nicht. Kein Gott, kein Teufel. Die hab ich auch nicht erwartet. Von Engeln zu schweigen. Dafür Schnaps und Zigaretten, wenn auch secondhand. Materie, die keine Materie ist. Und ein veilchenblauer Samtanzug, das darf doch nicht wahr sein!

Fragt sich, ob es wahr ist? Oder nicht. Ich bin knapp ein halbes Jahrhundert alt und hab über das Sterben nie nachgedacht, obwohl es doch eigentlich mein Metier war. Etwas völlig Natürliches wie Essen, Trinken, Schlafen. Über meinen Schweinsbraten hab ich

mir den Kopf auch nicht zerbrochen. Schon in der Schule galt ich als intelligent, aber phantasielos. Später hab ich das für ein Glück gehalten. Hätte ich, mit Phantasie geschlagen, meinen Beruf überhaupt ausüben können? »Gefühlskalt«, hat meine erste und letzte Freundin gesagt. »Du bist gefühlskalt.« Dabei hat sie zu allem Überfluss auch noch geweint.
Das ließ mein Interesse an Weibern für immer erlöschen. Ich habe auch keine Familie mehr, das ist angenehm. Mein Vater kann irgendwer sein, und meine Mutter starb bald nach meiner Geburt. Ich erinnere mich nicht an sie. Es war der Staat, der mehr oder weniger für mich gesorgt hat, und für den Staat empfindet man ja auch keine Gefühle. Vermisst habe ich nichts. Das Gejammere über ihre unglückliche Kindheit, mit der die Menschen ihre Taten und Untaten entschuldigen … Wehleidigkeit war mir schon immer ein Gräuel.

Zum ersten Mal, dass eine Dame für mich bezahlt. Genau das tut das Opfer nämlich. Steht auf und geht, dabei schwankt sie ein bisschen. Meine Schuld! Da ich sonst nichts zu tun habe, folge ich ihr. Sie ruft kein Taxi, sondern steigt brav in die Straßenbahn. Diesmal fahre ich, auch zum ersten Mal, schwarz. Nehme direkt neben ihr Platz und erlebe eine peinliche Überraschung. Bei der nächsten Station setzt sich ein kleiner dicker Mann direkt auf mich drauf. Ich bin groß und kräftig. Oder ich *war* es. Denn obwohl ich den Dicken empört abschüttle, bleibt er seelenruhig auf mir sitzen. Zu allem Überfluss zieht er eine Zeitung hervor und fängt an zu lesen. Eine Unverschämtheit. Zum Glück hat das Opfer, wäre mir echt peinlich gewesen, nichts bemerkt. Erst jetzt empfinde ich den Tod als Verlust. Ich habe meine Würde verloren. Und werde womöglich noch anderen Demütigungen ausgesetzt sein. Wehrlos ausgesetzt. Passiert das einem Lebenden, bringt er sich eventuell um. Ein Toter kann sich nicht umbringen. Wer stirbt, muss offenbar Einschränkungen in Kauf nehmen. Einschränkungen, mit denen er nie gerechnet hat.

WARUM SAGT EINEM DAS KEINER, SOLANGE MAN LEBT?

Man würde sich hüten, zu sterben. Obwohl man sich wohl nicht davor hüten kann. Ich bin so frustriert, dass ich die Fahrgäste ordinär beschimpfe. Als mir die Beleidigungen ausgehen, erzähle ich unanständige Witze und singe zuletzt lauthals Wirtinnenlieder. Der Tod scheint eine Art Isolationshaft zu sein, womöglich lebenslänglich, und das habe ich nicht verdient. Das hat niemand verdient, der Mensch ist von Natur aus sozial. Sogar ich, ein ungeselliger Typ, hatte schon allein durch meinen Beruf immer wieder mit Leuten – Auftraggeber und Opfer – zu tun.

Mein letztes Opfer, das infolge meines eigenen Verscheidens keines mehr wurde, mein misslungenes Opfer also, steigt gerade aus. Ich kann nur hoffen, dass Hellhörigkeit nicht der Grund dafür ist. Denn so zuwider mir die gesamte Menschheit auch gerade ist, diese Person hat mir nur Gutes getan. Auch Berufskiller sind der Dankbarkeit fähig und so beschließe ich, ein Auge auf sie zu haben.

Wir steigen aus und gehen – ich nicht hinter, sondern ganz offen neben ihr – in die Wiener Hofburg, Michaelerkuppel, wo sie auf der Gottfried-von-

Einem-Stiege eine Wohnung aufsperrt. Kommt mir bekannt vor, der Name. Fußballer vielleicht? Jetzt geht eine Tür auf, mein Auftraggeber steht auf der Schwelle, macht den Mund auf und fällt in Ohnmacht.

Erschrocken wirft mein Opfer sich über ihn. »Schatzi!«, ruft sie angstvoll. »Schatzi, Schatzi!« Das Schatzi schlägt die Augen auf und kriecht auf allen vieren ins Innere der Wohnung zurück. Mein Opfer folgt ihm besorgt, worauf er zu schreien anfängt.

Irgendwann kommt ein Arzt, sie muss ihn wohl gerufen haben, untersucht ihn und erklärt: »Nervenzusammenbruch. Hat Ihr Mann sich über irgendwas aufgeregt?« Mein Opfer schüttelt ratlos den Kopf. »Wir führen«, sagt sie, »ein sehr ruhiges Leben.«

Ich pruste los, kann gar nicht aufhören zu lachen. Bei allem, was passiert ist, hätte ich auch einen Nervenzusammenbruch haben können, viel mehr noch als »Schatzi«. Jetzt weint er, typisches Symptom, und sie küsst ihn überall ab. Ganz schön dumm von ihr. Schließlich hat er mir zehntausend für den nicht begangenen Mord bezahlt und hält das platonische Opfer jetzt für ein Gespenst. Die Situation amüsiert mich, und ich entscheide mich, zu bleiben. Zum ersten Mal hätte ich Geselligkeit, wenn auch unter seltsamen Umständen.

SELTSAM SIND AUCH MEINE ÜBRIGEN UMSTÄNDE

Vor allem dadurch, dass sie nicht seltsam sind. Ich habe keine der religiösen Erwartungen unserer Kultur geteilt. Nicht einmal die gottlosen einer radikalen Beendigung der Person. Meinem Dasein würde kein Dortsein folgen, dem Diesseits kein Jenseits. Andererseits – die vielen Geschichten, die man sich seit Jahrtausenden erzählt, und zwar überall ... sind sie wirklich nur Literatur?
Zum Beispiel hätte ich mir eine hübsche, aber schon leicht verschlampte junge Frau vorstellen können, die sich als meine Mutter zu erkennen gibt und in aller Form für ihren frühen Tod, der mit ihrem Lebenswandel zu tun hatte, entschuldigt. Entschuldigen müssen hätte sich auch ein inzwischen wohl weißhaariges Gespenst, der unbekannte Vater, den ich – noch im Mutterleib – in die Flucht schlug. Hätte ich beiden verziehen? Wahrscheinlich, denn sie wären mir vollkommen gleichgültig gewesen. Aber wieso waren sie nicht da?
Aufgeregt irre ich durch die fremde Wohnung. Stirbt jemand, steht angeblich die ganze tote Familie um ihn herum. Im Leben hatte ich keine, damit hab ich

mich abgefunden. Aber im Tod? Wieso nicht einmal im Tod?

»Ich glaube, das kann ich Ihnen erklären.«
Wer ist das, wohnt noch eine Person da?
»Nein, nebenan. Sie stehen in meiner Wohnung.«
Was soll das wieder heißen? Vor mir sitzt eine kleine alte Frau am Apple und tippt lustig drauflos. Die Situation ist verwirrend.
»Wie«, frage ich, »bin ich in Ihre Wohnung gekommen?« Sie hat weiße Haare und eine Himmelfahrtsnase.
»Durch die Wand«, sagt sie ganz selbstverständlich. »Tote brauchen keine Türen mehr.«
Ich verstehe kein Wort.
»Sie sind durch die Wand gegangen, mein Herr! Und zwar in meine Wohnung.«
Ein Glück, dass sie nicht die Polizei ruft.
»Wieso sehen Sie mich?«, frage ich argwöhnisch. »Sind Sie auch tot?« Womöglich, denke ich, ist sie meine Mutter. Sie schüttelt den Kopf. Kann sie Gedanken lesen?
»Ich habe keine Kinder«, sagt sie. »Nur Katzen.«
Tatsächlich rennen ein paar Katzen im Zimmer herum und schnuppern an mir. »Meine Katzen«, lächelt sie, »sind Geister gewöhnt. Und was die

Abwesenheit der Familie betrifft ...« Sie streichelt eine kleine weiße Katze, die auf ihren Laptop gesprungen ist. »Das ist Liliput«, stellt sie vor, »und ich bin ...«

Ich will gar nicht wissen, wer sie ist, und sie merkt es sofort.

»Das Empfangskomitee ist ein Märchen«, klärt sie mich auf. »Tote sind zuerst immer allein.«

Ich nicht! »Ich bin«, widerspreche ich, »mit Ihnen zusammen.« Sie nickt. »Tote sind auf die Gesellschaft von ein paar Übersinnlichen angewiesen, was nicht immer angenehm ist. Es kommt leider vor, dass die dann schreien. Oder beten. Ist natürlich nicht bös gemeint. Sie haben nur Angst.«

»Wieso«, frage ich, »schreien Sie nicht? Sie beten nicht einmal.«

Die alte Frau lacht. »Ich bin zwar lebendig«, sagt sie, »aber auch tot.« O Gott, eine Spinnerin. Die einzige Gesprächspartnerin, die ich jetzt habe, ist eine Verrückte.

»Entweder-Oder!«, korrigiere ich. »Man ist entweder lebendig oder tot. Beides zugleich geht nicht.«

»Da ist«, entgegnet sie, »Einstein aber anderer Meinung.«

EINSTEIN?

Riesenschnauzbart und sehr berühmt. Physiker. Oder Mathematiker? Hatte irgendwas mit der Atombombe zu tun. Den Nobelpreis hat er gekriegt, weil er relativ war.

»Für die Lichtquantenhypothese«, murmelt die Alte.

Was soll das wieder sein? Ich hab ein Foto gesehen, auf dem hat er die Zunge herausgestreckt. Nicht besonders fein, aber … »Wieso anderer Meinung?«

Die Alte setzt, offenbar will sie mich beeindrucken, eine Brille auf. »Die Trennung von Zukunft und Vergangenheit«, zitiert sie mit ausgestrecktem Zeigefinger, »ist eine Illusion.«

Wenn Einstein das behauptet, ist ihm nicht zu helfen. Genies sind, hab ich einmal in der Zeitung gelesen, fast immer wahnsinnig. Traurig. Da bin ich direkt froh, ja erleichtert, dass ich …

»Da es keine Zeit gibt«, unterbricht sie ungerührt meine Erleichterung, »sind wir gleichzeitig lebendig und tot.«

Demnach lebe ich also und das Killerhonorar für meine Opfer habe ich zu Unrecht kassiert. Die leben auch alle noch. Fragt sich allerdings, wie und wo?

Jetzt macht sie schon wieder den Mund auf, ich höre mir den Blödsinn nicht länger an.
»Es ist«, gibt sie zu, »schwer zu verstehen.«
Zu verstehen ist es überhaupt nicht. Besser, wir wechseln das Thema.
»Leben Sie allein?«, eröffne ich eine weniger ausgefallene Konversation.
»Mein Mann ist gestorben.« Sie seufzt.
»Kann kein Problem sein, wenn Einstein recht hat«, stichle ich boshaft und verstumme. Ist das eine Träne auf ihrer Wange?
»Der Kopf und das Herz«, sagt sie, »sprechen nicht immer die gleiche Sprache.«
Da hat sie wieder recht. Ich weiß zum Beispiel, dass ich tot bin, und fühle mich ganz lebendig. Lebendiger als lebendig.
»Weil Sie nicht mehr diese Milliarden Bakterien herumschleppen müssen«, sagt sie. »Die können schwer sein wie Blei.«
Aber ich war immer gesund. Bis auf …
»Nur Schnupfen, Husten, Halsweh«, sage ich. »Lauter Bagatellen. Die können kaum etwas wiegen.«
Sie schaut mich über ihre Brille hinweg an wie einen Erstklässler.
»Die Lebenden bestehen mit Haut und Haar aus Bakterien«, erklärt sie.

»Heißt das, wir sind alle krank?« Ich fühle mich auf einmal ganz schlecht.

»Es ist die Materie«, sagt sie.

»DIE MATERIE IST UNSERE KRANKHEIT«

Wenn sie weiter Sphinx spielen will – ohne mich. Nicht einmal Kreuzworträtsel haben mich interessiert. Da bin ich viel lieber geschwommen. Gewandert. Ich bin der sportliche Typ. Außerdem hab ich mein Opfer vergessen. Der Ehemann könnte es längst ermordet haben. Ich schaue betont auf die Uhr, obwohl ich gar keine mehr am Handgelenk habe – hat mir wahrscheinlich die Rettung geklaut. »Spät geworden«, sage ich. »Hat mich gefreut, aber …« Sie lacht laut. Eine zierliche Person, und lacht wie ein Holzfäller. Was hab ich Lustiges gesagt? »Gehen Sie nur«, sagt sie. »Obwohl, Sie könnten auch fliegen.«
Zu meinem Entsetzen steige ich wie ein Luftballon auf. Ich werde mir den Schädel an der Zimmerdecke zertrümmern, o Gott …
Bin ich ohnmächtig geworden? Können Tote ohnmächtig werden? Jedenfalls sitze ich auf einmal neben meinem Opfer auf dem Sofa. Es ist ein dunkelblaues altmodisches Sofa mit roten Kissen. Das Opfer strickt. Einen Pullover, soviel ich sehe. Wahrscheinlich will sie ihn ihrem Mörder zum Geburtstag

schenken. Aber wo ist er? Ich flattere von Zimmer zu Zimmer und diesmal erschrecke ich nicht einmal. Warum soll man nicht flattern? Geht schneller, und Vögel tun es ja auch.

Man gewöhnt sich an alles, denke ich und sehe mich um. Zweipersonenhaushalt, gemeinsames Schlafzimmer, die Einrichtung könnte vom Trödler stammen. Ich selbst ziehe Nüchternheit vor, klare Linien, nichts Überflüssiges. Das Opfer ist verspielt, altmodisch, eine Romantikerin. Zum ersten Mal schaue ich sie ganz genau an.

Echte Blondine, Wuschelkopf. Strahlt kindliche Unschuld und Naivität aus. Wahrscheinlich gutmütig und nicht sehr intelligent. Hellblaue Augen, mit denen sie zwinkert. Kleiner Tick offenbar. Für ein Opfer die ideale Besetzung. Schon aus Widerspruchsgeist beschließe ich, dass sie diese Rolle nicht spielen wird.

Der mörderische Ehemann, wo treibt er sich gerade herum? In einer Nervenklinik oder … Noch ehe ich den Satz zu Ende denke, finde ich mich in einer ungemütlichen, fast leeren Wirtsstube wieder. Aha, posthumes Reisen spart offenbar Zeit und Benzin. Nicht unpraktisch. Sollte der Tod auch noch andere Vorzüge haben?

ICH FANGE LANGSAM AN, NEUGIERIG ZU WERDEN

Der Ehemann sitzt mit glasigem Blick vor einem Glas Wein, bestimmt nicht dem ersten, und hält sich den Kopf. Verständlich, an seiner Stelle hätte ich auch das Vertrauen in die Welt verloren, in der es entweder Gespenster oder einen betrügerischen Killer gibt, der womöglich als Informant der Polizei doppelt verdient.

Eine gewisse Schadenfreude erfüllt mich. Zwar sind mir bisher die Motive meiner Kunden gleichgültig gewesen, ich war einfach nur ein Geschäftsmann, diskret und gediegen. Diesmal aber würde ich gern wissen, was diesen Kerl zu meinem Engagement bewog. Abgesehen davon, dass er sich gerade betrinkt, sieht er noch immer wie ein Gentleman aus. Graue Schläfen, Nadelstreif, Krawatte. Bronze-Teint vom Solarium. Damals trug er eine dunkle Brille. Könnte Beamter oder Steuerberater sein. Unbegreiflich, dass die Kleine freiwillig für ihn strickt.

Jetzt holt er ein Handy aus der Tasche, wählt eine Nummer und steckt es, bevor die Verbindung hergestellt ist, wieder ein. Das wiederholt er mehrere Male. Klar, wer telefoniert schon gern mit einem Gespenst?

Oder der möglichen Mitwisserin eines Mordplans, was üblicherweise zu Erpressungen führt, deren Summen er sich lieber nicht ausmalen will. Kein Wunder, dass er sich den Kopf hält.

Wir könnten ihn gemeinsam erpressen und uns ein schönes Leben machen, wenn ich nicht gerade tot … Während ich die Lösung dieses schwierigen Problems noch überlege, fliege ich bereits wie eine Taube durch die Stadt. Wenn ich daran denke, wie mühsam die Fortbewegung war, als ich noch lebte … Jeder schleppt auf Schritt und Tritt, wenn die Alte recht hat, einen halben bis ganzen Zentner Bakterien mit sich herum. Was nicht nur anstrengend, sondern bestimmt äußerst ungesund ist. Ein Wunder, dass man sich nicht gleich ins Bett legt und liegen bleibt. Liege schon drin! Ist man einmal gestorben, muss man furchtbar aufpassen, was man denkt. Es wird auf der Stelle wirklich. Allerdings hat man nichts mehr davon. Wenn ich mir den Haupttreffer im Lotto vorstelle, kommt er womöglich, nur abholen kann ich ihn nicht.

Aber was ist mit meinem Bett passiert? Es steht quer und ist auf einmal aus Messing. Schrecklich, die ganze Wohnung ist geblümt tapeziert. Verstehe ich nicht. Veilchenblauer Samtanzug, Blumentapete … Sehen Tote die Welt anders als Lebende? Sich selbst offenbar auch. Und was ich auch angreife – die Lampe, den Tisch, ich greife in Luft. Kann nichts mehr fühlen. Mich selbst auch nicht? Da liege ich im Bett und gebe mir selber die Hand, idiotisch. Aber es funktioniert. Ich spür meinen eigenen Händedruck. Totes kann also Totes berühren, interessant. Leider bin ich die einzige Leiche weit und breit. Vielleicht sollte ich einen Friedhof besuchen?

Schon auf halbem Weg, kehre ich wieder um. Was ist schon dabei, wenn ich noch eine Probe mache? Zum Beispiel bei meinem appetitlichen Opfer?

DER ÄNGSTLICHE MÖRDER

Schon sitze ich, das ist der Jenseitsexpress, wieder neben ihr auf dem Sofa. Die dumme Person strickt noch immer. Schaut wie ein Norweger-Pullover aus. Bestimmt will sie mit ihm Ski fahren im Gebirge, und dort stößt er sie dann in die nächste Gletscherspalte. Mitleidig strecke ich meine Hand aus, da klingelt das Telefon. Aha, der ängstliche Mörder. Sie reißt das Handy wie eine Verdurstende das Wasserglas hoch.

»Schatzi«, haucht sie, »wo bist du denn? Ich habe mir solche Sorgen um dich gemacht.«

Garantiert sagt er ihr nicht, dass er sich gerade im Wirtshaus volllaufen lässt. »Du darfst nicht so viel arbeiten«, flötet sie. »Das hat auch der Doktor gesagt.« Pause. »Wie es mir geht, warum fragst du?« Pause. »Aber ja, mir geht es gut, warum soll es mir nicht gut gehen? Und jetzt komm bitte heim, es gibt Marillenknödeln, die isst du doch gern. Und nachher …?« Mit einem wohligen Seufzer lässt sie das Handy in ihren Schoß sinken und lächelt albern.

Mir ist die Lust vergangen, auszuprobieren, ob ich sie mehr spüre als meine Möbel. Ein Mörder, der gern Mehlspeisen isst, und sein nach ihm schmachtendes Opfer. Wie lächerlich ist das alles. Lieber besuche ich meine alte Hexe – ausprobieren an ihr möchte ich allerdings nichts.

Türen habe ich bereits vergessen. »Gnädigste«, frage ich, »hätten Sie etwas dagegen?«
Sie schüttelt den Kopf. »Die läppischen Vorurteile gegen Geister, ich teile sie nicht. Machen Sie es sich bequem!« Damit deutet sie in die Luft, und schon aus Höflichkeit lungere ich gleich darauf am Plafond.
»Tot zu sein«, stelle ich wahrheitsgemäß fest, »ist komisch.«
»Lebendig zu sein«, sagt sie, »auch.« Kam mir, als ich es war, nicht so vor. Gewohnheitssache, nehme ich an. »Wie lang?«, fragt sie.
»Ich schon tot bin? Heute ist mein erster Tag.«
»Sie lernen aber schnell! Andere brauchen Jahre, Jahrzehnte, Jahrhunderte sogar.«
Klar, sie liegen so lang im Grab, wie die Familie die Friedhofsmiete bezahlt.
»Im Grab«, korrigiert sie mich, »liegt überhaupt niemand. Höchstens sitzen sie auf dem Grabstein herum und warten auf Besuch. Den Toten ist nämlich schrecklich fad. Nur die Intelligenzler unter ihnen sterben ein zweites Mal, was ihre Situation erfreulich verändert.«

Es gibt noch einen zweiten Tod?
»Natürlich, aber den erkläre ich Ihnen ein anderes Mal. Jetzt ist es zu früh.« Für einen Intelligenzler hält sie mich offenbar nicht.

»Und was treiben die weniger Schlauen Jahre und Jahrhunderte lang? Ich meine, wenn sie nicht gerade auf ihren Grabsteinen sitzen.«
»Versuchen, ihre alten Rollen weiterzuspielen. In Komödien und Tragödien, die längst nicht mehr auf dem Spielplan stehen. Das Leben ist ein Theater. Der Tod auch.«
So hab ich es eigentlich nicht betrachtet. Eher als Arbeit, als Pflicht. Und Vergnügen ist mein Beruf auch keins gewesen.
»Was«, fragt sie, »waren Sie denn?«
»Berufskiller.« Sie scheint beeindruckt zu sein. »Eine verantwortungsvolle Tätigkeit«, sagt sie. Endlich jemand, der mich versteht! Maßgeschneidert, ich habe maßgeschneidert gemordet. Mit aller Sorgfalt. Die Opfer haben erst als Leichen gemerkt, dass sie tot sind, und meistens nicht einmal dann. Und sie haben gelächelt.
»So gut wie alle lächeln«, sagt meine neue Freundin, »weil man beim Sterben etwas Schönes sieht.«
Was soll das denn sein? Ich habe nur mein verfehltes

Opfer gesehen. Hübsch zwar, aber schön? Und gelächelt? »Ich habe«, sage ich, »nicht gelächelt.«
»Nein?«, bedauert sie. »Wie schade.« Und dann, tröstlich: »Kommt vielleicht noch.«
Was soll schon kommen nach dem Tod? Er ist das definitive Ende, vor allem von mir selbst. Oder? Immerhin sitze ich in einer fremden Wohnung, und zwar in der Luft, und unterhalte mich mit einer Unbekannten. Ob Tote träumen?
»Wir träumen alle«, sagt sie. »Lebende wie Tote. Ein paar berühmte Leute haben sogar geglaubt, dass Gott träumt. Nicht nur uns, nicht nur die Welt. Sondern Gott, haben sie vermutet, träumt sich selbst.«
Wie kann jemand, den es nicht gibt, sich selbst träumen? »Gott«, sage ich, »ist ein Märchen, das man Kindern erzählt. Ich bin aber kein Kind. Bin, kommt mir vor, nie eins gewesen.«
»Da haben Sie jetzt«, sagt sie, »aber viel nachzuholen.«
Das Gespräch wird allmählich abstrus. Wahrscheinlich ist der Mörder auch schon nach Hause gekommen und frisst Knödeln. Möchte doch wissen …

Bevor ich weiß, was ich wissen möchte, sitze ich mit dem Ehepaar bei Tisch. Er sieht etwas mitgenommen aus. Kein Wunder bei dem vielen Fusel, den er in sich hineingeschluckt hat.
»Geht es dir gut?«, fragt sie besorgt. »Du siehst müde aus. Du musst dich schonen. Nicht den ganzen Tag in der Bank arbeiten und die halbe Nacht womöglich auch. Ich könnte wieder in die Schule gehen.«
In ihrem Alter? Sie ist zwar ein jugendlicher Typ, aber trotzdem …
»Dann würde ich auch Geld verdienen.«
Ach so, Lehrerin. Sie ist Lehrerin …
»Mein Leben ist und bleibt die Bank.«
»Weil du ein Idealist bist!« Sie häuft weitere Knödeln auf seinen Teller und küsst ihn dabei, dumme Person, auf die Stirn.
»In den Ferien«, girrt sie, »fahren wir dann ans Meer.«
Gute Idee, da kann er sie ins Wasser schubsen und spart sich das Killerhonorar. Ich selbst bin noch nie am Meer gewesen. Im Gebirge auch nicht. Ob ich das jetzt nachholen kann? Ich werde die alte Hexe fragen.
»Bin ich noch, wie soll ich sagen, materiell?«

»Nein«, sagt sie und schaut kurz von ihrem Laptop hoch, ist die aber fleißig. »Sie sind jetzt astral.«

»Ich bin *was*?«

»Eine Art Äther.«

»Kann Äther bergsteigen? Kann Äther schwimmen?«

»Warum wollen Sie das?«

»Schatzi soll seine Frau nicht ertränken! Also kann ich jetzt schwimmen oder nicht?«

»Als Gespenst«, sagt sie, »haben Sie mehr Möglichkeiten, als Sie ahnen.«

»Wieso als Gespenst? Ich bin doch kein …«

»Natürlich sind Sie vorläufig eins. Und noch einmal, ich habe keinerlei Vorurteile gegen Ihresgleichen. Ich werde weder für Sie beten noch schreien.«

»Vorläufig? Was für Möglichkeiten? Und wie benimmt man sich als Gespenst? Es müsste einen Knigge für Leichen geben.«

»Ich«, sagt die Alte, »hab einen geschrieben.« Sie seufzt. »Dutzende schon. Aber glauben Sie, es hat etwas genützt?«
Oje, ich bin schon wieder bei ihr. Oder noch immer. Zeit scheint hier anders zu funktionieren.
Und dass ihr Knigge die Verblichenen gesellschaftsfähig macht, bezweifle ich. Wer wird sie schon einladen? Also wenn ich die Wahl hätte, tot oder lebendig zu sein – ich würde mich glatt für das Leben entscheiden, so wenig ich es auch geschätzt habe. Gibt es nichts Drittes?

Mörder und Opfer trinken inzwischen Likör. Womöglich lesen sie auch Gedichte. Ekelhaft. Bei mir war es immer der Grüne Veltliner. Ehrlich, männlich, gradlinig wie ich selbst. *Sage mir, was du trinkst…* Die Psychologen könnten sich ihre teuren Tests ruhig sparen.

IRISH WHISKEY

Die Hexe trinkt keinen Likör. Hoffentlich liest sie auch keine Gedichte. Dafür steht eine Whiskeyflasche neben dem Laptop. Irisch, klar. Feen und Hexen gedeihen dort, Verrückte, angeblich sogar Gespenster. Ich bin noch nie in Irland gewesen. Eigentlich war ich nirgends. Wenn ich daran denke, dass ich nie wieder Grünen trinken werde, nie wieder Whiskey …

»Ist nicht gesagt«, mischt sich die Hexe in meine Wehmut. »Also machen Sie es sich«, wiederholt sie, »gemütlich.« Wie können Tote es sich gemütlich machen? Wo der Tod die Ungemütlichkeit in Person ist. »Wollen Sie auch einen Schluck?« Und sie grinst mich verständnisvoll an. Wollen schon, und wie!

»Aber ich kann doch nicht mehr …«

»Geraucht haben Sie ja auch wie ein Schlot«, sagt sie. »Und was den Alkohol betrifft … ein telepathischer Schwips ohne Kater, was gibt es Schöneres?« Sie lacht. »Treten Sie ruhig in mich ein! Stellen Sie sich vor …«

Meine Vorstellung ist so deutlich, dass im Nu die halbe Flasche leer ist.

»Sie sind«, sage ich, »sehr gastfreundlich. Wenn ich mich irgendwie revanchieren kann …?«
»Gern, man weiß nie …« Wie alte Saufkumpane drücken wir uns die Hand, was gar nicht möglich ist.
»Es ist möglich«, erklärt sie, »weil ich im Moment nicht im Körper war.«
So, und wo sonst?
»Mit Geistern kann man nur verkehren«, sagt sie, »wenn man selbst einer ist.«
Schon wieder! Macht sie das absichtlich, mich total zu verwirren? Noch dazu mit dem Irischen im Bauch, obwohl ich keinen mehr habe, wohin also floss …

ICH HAB NICHT GEWUSST, DASS TOTE AUCH SCHLAFEN

Offenbar weiß ich ziemlich viel nicht. Das Nächste, was ich – wieder aufgewacht – sehe, ist mein missglücktes Opfer im Bett. Sie trägt ein rosa Spitzennachthemd und weint. Sofort falle ich in meine neue Lebens- oder vielmehr Todesrolle als Kavalier und bin bereit, den Verursacher ihrer Tränen auf der Stelle zu erwürgen.

Natürlich kann es kein anderer als das Scheusal von Ehemann sein. Er tut ihr zwar im Augenblick nichts, aber genau das dürfte der Grund ihres Kummers sein. Brutal von ihr abgewendet, schnarcht er unmelodisch wie atonale Musik. Ist es möglich, dass sie sich nach diesem Langweiler verzehrt? Erbost stürze ich mich auf ihn und erwürge wieder einmal die Luft.

Eine lächerliche Situation. Hoffentlich hat die Kleine mich nicht gesehen. Aber nein, sie ist noch immer mit ihrem Liebeskummer beschäftigt. Teilnahmsvoll lege ich mich wieder zu ihr ins Bett.

Ich überlege, wann ich das letzte Mal neben einer Frau im Bett lag. Gut, das ist noch nicht lang her. War aber in einem Puff, zählt also nicht. Zwar hatte

ich dort eine Stammhure, aber nur, weil die ihre Arbeit stumm verrichtet und nicht glaubt, ihre Kunden durch Röcheln und spitze Schreie erfreuen zu müssen. Überhaupt sollte man bei solchen Gelegenheiten den Weibern ein Pflaster aufs Maul kleben.
Vollkommen ausgeschlossen, dass mein süßes Opfer röchelt oder gar schreit. Höchstens singt sie vielleicht ein Liedchen wie »Alle Vöglein sind schon da« oder so was. Wie unschuldig sie weint. Ich bin, was mir noch nie passiert ist, gerührt. Will sogar ein guter Mensch werden, was der Himmel verhüte. Höchste Zeit, mich aus dem Staub zu machen, obwohl ich, wie mir gerade einfällt, selbst Staub bin.

Ich merke, dass ich auch noch in einem anderen Bett liege, aus dem ich allerdings schleunigst aufspringe. Die alte Hexe möchte ich wirklich nicht Singen hören. Obwohl sie mit dem Whiskey großzügig war, immerhin. »Wieso«, frage ich, »bin ich schon wieder da? Oder noch immer.«
»Sie können«, sagt sie, »jetzt gleichzeitig überall sein. Haben Sie das noch nicht kapiert?«
Als Viertelgespenst?
»Nein«, sagt sie. »Komplett. Sie können sich teilen und sind in jedem Ihrer Teile ganz.«

Wow! Mit dieser Wundergabe zu Lebzeiten hätte ich Massen killen können. In New York, Moskau und Tokio zugleich. Für die zehntausend, die mein letzter Auftraggeber bezahlt hat, hätte ich nicht einmal eine Ratte vertilgt. Obwohl ich prinzipiell keine Ratten vertilge, Mäuse auch nicht. Ich bin ausgesprochen tierliebend.

Warum er die kleine Schluchzerin loswerden wollte? Direkten Grund hat er keinen genannt. Interessiert mich aber. Statt Mörder spiele ich jetzt Detektiv.
»Wir spielen immer«, sagt die Komische Alte. »Mörder, Opfer, Detektiv. Alles Spiele, haben nichts zu bedeuten.«
»Sie meinen, ob man gut oder böse ist…?«
»Es gibt kein Oder. Aristoteles«, dabei zwinkert sie mir verschwörerisch zu, »hat sich geirrt.«
Wer soll das schon wieder sein? Berufsbedingt ist mein Bekanntenkreis klein. Und Freunde habe ich sowieso nie gehabt. Man vergeudet nur seine Zeit. Hobbys, ja. Basteln zum Beispiel. Von der Giftspritze bis zum Revolver perfektioniere ich gewissenhaft meine Geräte. Leider haben die Opfer keine Zeit mehr, mich zu loben. Aber die Anerkennung fehlt mir. Dass sie gerade mir versagt bleibt, ist ungerecht.
»Inwiefern hat sich Ihr Bekannter geirrt?«

»Aristoteles glaubt, A wäre A.«
Logisch, was soll A sonst sein? Weiß jeder Volksschüler. Womöglich hat die Alte gar keine Volksschule besucht? Ich habe wenigstens zwei Klassen Hauptschule geschafft, bevor ich in hohem Bogen aus dieser unlöblichen Anstalt flog. Dabei hatte ich nur den Physikunterricht mit einer Zündschnur belebt. Newton ist so was von langweilig!
»Da bin ich«, sagt die Analphabetin, »ganz Ihrer Meinung.«
Wieso weiß sie immer, was ich gerade denke? In meinem Kopf bin ich schon lieber allein.
»Das ist«, sagt sie, »niemand.«

ICH MÖCHTE NICHT WISSEN, WER SICH IN MEINEM KOPF HERUMTREIBT

Außer meinem Lieblingsopfer. Vor ihr will ich keine Geheimnisse haben … Sie weint nicht mehr, sondern schläft, und schon wieder zupft mich etwas am Herzen, obwohl ich doch gar keins mehr habe. Es ist ein süßes Zupfen. Als würde ein kleiner Vogel mich mit seinem Schnabel picken. Ein Rotkehlchen vielleicht, eine Blaumeise. Oder ein Spatz. Spatzen sind mir immer die liebsten gewesen. Ich hab sie auf dem Schulhof gefüttert, wenn auch nicht mit den eigenen Jausenbroten. Später dann, auf dem Gefängnishof, gab es gar keine mehr. Ich dachte schon, sie wären ausgestorben. Aber auf einmal waren sie wieder da.

Ob ich auch auf einmal wieder da sein werde? Ich meine, nicht so verschwunden wie jetzt. In meiner Zelle damals war ein Lokführer. Also einer, der viel herumkommt. Er hat seine Frau erschlagen, weil er sie … Nein, eben nicht. Er hat sie nicht mit einem anderen Mann im Bett erwischt, sondern mit seiner eigenen Freundin. Sie hat ein Verhältnis mit seiner Geliebten gehabt, das muss man sich erst einmal vorstellen! Kein Wunder, dass der Lokführer die Nerven verlor. Eigentlich wollte er beide erschlagen, aber dann – er war ein ausgesprochener Gemütsmensch – hat er einen Weinkrampf gekriegt und die Kohlenschaufel fiel ihm aus der Hand.

Im Lauf der Jahre sind wir zwar keine Freunde geworden, wir hatten beide ein misstrauisches Naturell. Aber geredet haben wir schon miteinander. Sollte er gehenkt werden, hat er gesagt, ist das kein Problem. Dann kommt er eben als Baby zurück auf die Welt, und heiraten wird er nie wieder.
Er war der einzige Philosoph, den ich je kannte. Statt Fußball oder Karten zu spielen, ist er jedes Wochenende in einen Wiedergeburtskurs gegangen, der noch dazu teuer war, aber es zahlte sich, hat er gesagt, aus. Da sind sie im Kreis äußerst unbequem auf ihren Knien gesessen und die Seelentrainerin hat sie nach ihren früheren Leben ausgefragt. Die meisten haben sich erinnert, Napoleon oder Sokrates gewesen zu sein. Auch Cleopatra war reichlich vertreten. Der einzige Nachteil dabei war, dass Ehefrau wie Geliebte sich an den einsamen Wochenenden langweilten, und da ist es eben passiert.

»Spiele!«, kommentiert meine Gedankenleserin. »Cleopatra oder Berufskiller. Wir spielen Rollen,

und wenn das Theater aus ist, treten wir von der Bühne ab und gehen nach Haus. Aber nicht alle. Die bleiben, nennt man Gespenster.«
Ich kriege direkt Kopfweh von diesen Gesprächen. »Wer besetzt uns?«, frage ich. »Dieser Theaterdirektor …«
»Sie glauben, der Theaterdirektor ist Gott?«
»Glaube ich nicht. Aber wer soll es sonst sein?«
»Die Seele selbst. Die Seele ist ein Komödiant. Sie spielt alles. Vielleicht sogar …« Nein, gesagt hat sie es nicht. Aber gedacht? Dass die Seele auch Gott spielen kann … Seele, was ist das überhaupt? Die Kollegen im Knast haben gesagt, dass es so etwas nicht gibt. Nicht nur die Häftlinge. Sogar Wissenschaftler. Der Dritte in der Zelle war Zahnarzt. Eine Kapazität. Leider hat er dem arglosen Liebhaber seiner Frau sämtliche Zähne gezogen. Er kam zuerst auf die Psychiatrie, bis er glücklicherweise bei uns landete. Die Gespräche mit ihm haben mir die Augen für das Höhere geöffnet.

Es gibt nur, was wir sehen, hören, riechen, schmecken und berühren können. Sonst gibt es nichts. Keinen Gott, keinen Geist, keine Geister.
»Demnach gibt es Sie gar nicht«, erklärt die Alte und schraubt die Schnapsflasche zu.

Hirnfunktionen, sagte der Zahnarzt. Geist, Seele. Beim Tod erlöschen sie wie alle anderen Funktionen, die Verdauung zum Beispiel. Der Zahnarzt verdient keine Gefängnisstrafe, sondern einen Lehrstuhl. Hat er selbst gesagt. Obwohl er in seiner Aufrichtigkeit zugab, dass aufgrund dieser Erkenntnisse die Mehrzahl aller Lehrstühle bereits besetzt sind.

Ich bin dankbar, seine Bekanntschaft gemacht zu haben. Wo wäre dies – da ich über ein gesundes Gebiss verfüge – sonst möglich gewesen als in der Zelle? So führt ein Unglück manchmal zum Glück und ebenso oft Glück zum Unglück. Was Leute, die nicht über das Wissen des Zahnarztes verfügen, für Schicksal halten. Ist es vielleicht Schicksal, wenn eine lebenslustige Buchhändlerin aus unglücklicher Liebe zu einem Heiratsschwindler aus dem Fenster springt? Ich würde das eher eine Riesendummheit nennen. Auch, wenn nicht zufällig ich das Opfer dieser Dummheit geworden wäre und womöglich immer noch bin.

Moment! Was bitte soll ich noch immer sein? Ich liege doch in der Kühltruhe oder bereits im Armengrab, was weiß ich? Jetzt würde ich ganz dringend den Herrn Zahndoktor brauchen. Schade, dass er schon mit fünfundfünfzig an Alzheimer erkrankt ist, also viel zu früh. Zuletzt hat er mich für seine Mutter gehalten, was mehr als peinlich war, und den Wärter bestochen, ihm einen Rosenkranz in die Zelle zu schmuggeln. Aber nicht, um sich an ihm zu erhängen, o nein. Den halben Tag und auch noch in der Nacht hat er gebetet, und zwar laut. Der Lokführer und ich waren am Rand unserer Nerven. Gezittert am ganzen Leib haben wir und hätten um ein Haar Geständnisse abgelegt, wenn die Gefängnisleitung ihn nicht in die Kinderpsychiatrie verlegt hätte, weil woanders kein Platz war.

Die Alte reißt mich aus meinen Gedanken, weil sie flucht wie ein Kutscher. Dabei fummelt sie an ihrem Laptop herum und malträtiert die Datei. »Was machen Sie denn?«, frage ich, und sie: »Ich schreibe ein Buch.«
»Kochbuch?«
»Nein, ich kann gar nicht kochen. Ein Buch über den Tod.«
Meine Großmutter hat Marmeladen eingekocht und auf den Märkten verkauft. Marillen, Ringlotten, sogar Kürbis. Meine Großmutter war eine sehr talentierte Frau.
»Ich schreibe«, sagt die Verrückte, »lauter Bücher über den Tod. Inzwischen sind es bereits …« Sie fängt an, es an den Fingern abzuzählen, kommt aber

mit beiden Händen nicht aus. »Neunzehn. Oder waren es vierzig?« Sie seufzt ratlos. »Schon in der Schule bin ich dreimal in Mathematik sitzen geblieben.«

Arme Person. Die meisten Autoren schreiben über sich selbst oder gar Gedichte. Sollte verboten werden, braucht man wie ein Loch im Strumpf. Aber die Politiker nennen es *Kunst* und werfen jede Menge Geld dafür zum Fenster hinaus. Immerhin ist sie in die Schule gegangen. »Sogar in die Tanzschule! Aber Tanzen hab ich auch nicht gelernt.«

Mein einziger Ball war der Gugudorfer Faschingsball, auf dem ich die Frau des Bürgermeisters beseitigen musste. Sie war als Schwan verkleidet und ich, unauffällig, als Bettler. Darunter trug ich das Kostüm einer Stripteasetänzerin und blieb unerkannt. Eine Transe, die einen Kollegen in mir vermutete, machte sich an mich heran, und der peinlich berührte Dorfpolizist würdigte uns keines Blicks.

»Der Tod ist ein anderer Zustand des Lebens, wie auch das Leben ein anderer Zustand des Todes ist.«

Fängt sie schon wieder damit an?

»Als ich noch jünger war, habe ich eine Schule des Sterbens gegründet. Ich hatte viele Schüler, die ich mit dem Tod bekannt machte. Eine äußerst angenehme Bekanntschaft, die sie früher unter allen Umständen vermeiden wollten.«

»Sie haben eine Schule für Tote gegründet?«

»Für zukünftige Tote. Und Lernen … das Leben muss man schließlich auch lernen. Man ist nicht sofort tot, wie man auch nicht sofort lebendig ist. Es gibt keine festen Grenzen zwischen beiden Zuständen. Was Ihnen fehlt, ist eine ordentliche Aufklärung.«

»Meine Aufklärung erfolgte hauptsächlich in Herrentoiletten. Ich will nicht aufgeklärt werden! Außerdem habe ich mich verliebt.«

EINE HOFFNUNGSLOSE LIEBE

Erst jetzt wird mir klar, dass ich – ein toter Killer – mich in mein lebendiges Opfer verliebt habe. Die Geschichte kann kaum ein Happy End haben. Oder? Das Opfer ist aufgewacht und steht splitterfasernackt unter der Dusche. Entzückt stelle ich mich direkt neben sie. Zwar fühle ich kein Wasser aus der Brause. Sondern etwas sehr anderes … Beschämt schaue ich an mir herunter.
Nicht, was ich befürchtet habe. Sondern schlicht und einfach nichts. Gar nichts. Unter diesen Umständen wäre jede Scheu falsch, und so trete ich mutig in die Schöne ein wie in eine Kirche … Wie komme ich jetzt auf Kirche? Sie singt! Singt unter der Dusche …

Der Mond ist aufgegangen,
Die goldnen Sternlein prangen
Am Himmel hell und klar.

Ach so, Lehrerin. Wahrscheinlich Literatur. Obwohl weit und breit kein Mond unter der Dusche aufgeht, singe ich zu meiner Bestürzung laut und falsch mit.

Wie ist die Welt so stille,
Und in der Dämmrung Hülle
So traulich und so ho...

»Hold«, singt das Opfer weiter, während ich zu schluchzen beginne.

Wie eine stille Kammer,
Wo ihr des Tages Jammer
Verschlafen und vergessen ...

Erschrocken greift sich das Opfer an den Kopf. »Jessas, jetzt hab ich die Eier für Schatzi vergessen. Wenn er zum Frühstück keine Eier ...« Sie dreht die Brause ab und springt davon.
Eine nie gekannte Traurigkeit hüllt mich ein wie eine schwarze Wolke. Ich, Berufskiller, stehe mutterseelenallein unter der Brause, aus der kein Wasser mehr für mich fließt, und heule, heule, heule.

sagt meine Lehrmeisterin plötzlich dicht neben mir, »ist ein nicht immer eingelöstes Versprechen.« Nein, bitte! In der Dusche soll sie jetzt nicht neben mir stehen, womöglich auch noch nackt. Vor Schreck höre ich sofort auf, zu weinen. Die alte Dame lacht.

»Ich stehe überhaupt nirgends«, sagt sie, »sondern sitze wie gewöhnlich an meinem Laptop. Zwischen Toten ist physische Nähe nicht mehr erforderlich.«

»Aber Sie leben ja noch!«

»Einerseits«, gibt sie zu. »Andererseits ...«

O Gott, nicht schon wieder! Mir wird ganz komisch, wenn sie solche Sachen sagt, für die man jeden Normalbürger auf der Stelle ins Irrenhaus schickt. Wieso läuft sie noch immer frei herum?

»Wir pendeln zwischen den Zuständen«, behauptet sie. »Erreicht ein Pendel seinen Ruhepunkt, wird es für kurze Zeit immateriell und dehnt sich blitzschnell in den Raum aus. Auch unter die Dusche. Das nennt Itzhak Bentov Allgegenwart.«

»Ein Bekannter von Ihnen?«

»Obwohl er 1979 starb, sind wir einander noch nicht begegnet. Ich liebe ihn nur.«

Die Erotik der Dame ist überraschend. Ich werde mich jetzt auch ausdehnen. »War nett, mit Ihnen zu plaudern!« Nur immer höflich bleiben, die ist ja komplett unberechenbar.
»Schönen Tag noch!«

WIE LERNE ICH, TOT ZU SEIN?

Denn richtig gut kann ich es noch immer nicht. Lebende lernen durch Beobachtung voneinander. Kleine Kinder schauen den größeren, größere Kinder den Erwachsenen zu. Sie machen nach, was die anderen tun. Machen sie etwas nach, was man als falsch bezeichnet, heißt es, sie wären in schlechte Gesellschaft geraten.
Mein Problem ist, ich bin in überhaupt keine Gesellschaft geraten. Weder in eine gute noch in eine schlechte. Ich würde anderen Toten mit Dankbarkeit alles nachmachen, schon egal was. Aber ich kenne keine anderen Toten. Ich kenne nur drei Lebendige. Eine alte Irre, eine junge Schöne und deren Mann, einen Verbrecher. Also damit kann ich überhaupt nichts anfangen. Ich meine, für meine Zukunft. Falls ich eine habe und nicht in der Ewigkeit gelandet bin, die allem Anschein nach ein besonders unangenehmer Zustand ist. Wenn ich mir vorstelle, in alle Ewigkeit ich selber zu sein ... Wo ich mir jetzt schon zum Hals heraushänge.

In der Schule hat der Lehrer etwas von Lazarus erzählt. Aber weil nur Religionsunterricht war, hab ich nicht aufgepasst. Er war, glaube ich, tot und wurde wieder auferweckt. Könnte ich nicht auch, jetzt sofort … Ach, Rosamunde. So werde ich sie fortan nennen und nicht Opfer. Rosamunde, schon der Name ist süße Musik.

Weil ich an sie denke, so einfach ist das, bin ich bei ihr. Sie macht sich gerade schön, und ich schaue ihr entzückt dabei zu. Puder, Parfüm, Lippenstift – das sind auf einmal lauter heilige Dinge. Ich spüre, dass wir zusammengehören. Wie Romeo und Julia. Oder Adam und Eva. Wir sind *das* Liebespaar! Einziges Hindernis, sie lebt, und ich bin tot.

Der garstige Ehemann kommt gerade zur Tür herein. »Bist du noch immer nicht fertig?«, fragt er. Ein Rüpel. »Wir kommen zu spät ins Theater.«

Aha, ins Theater wollen sie gehen. In so was war ich noch nie. Da stehen lauter Leute auf der Bühne herum und tun so, als wären sie wer anderer als sie selbst. Und dafür werden sie auch noch bezahlt. Nicht von mir! Weil ich aber Rosamunde überallhin folgen würde, sogar in die Sonntagsmesse, werde ich heute zum ersten Mal ein Theater besuchen.

Rosamunde trägt jetzt ein geblümtes Abendkleid, in dem sie wie eine wandelnde Frühlingswiese aussieht, und der Rüpel etwas Schwarzes, das man Smoking

nennt. Hab nie etwas so Unbequemes getragen. Garderobenprobleme hatte ich keine, aber jetzt wäre der veilchenblaue Samtanzug passend. Stattdessen gehe ich splitternackt ins Theater.
Und langweile mich fünf Stunden lang, obwohl es für Tote angeblich keine Zeit gibt. Auf der Bühne spielen sie eine Tragödie, da kann ich nur lachen. Jemand stirbt oder tut vielmehr so, als würde er sterben, dafür bekommt er ja seine Gage. Vielleicht habe ich auch nur getan, als würde ich sterben? Obwohl mir niemand etwas dafür bezahlt hat. Denn wie der Komödiant auf der Bühne lebe ich noch. Bedeutet der Tod, dass man so tut, als würde man …
Da fällt mir eins der wenigen Bücher ein, die ich gelesen habe und auch nur wegen der Buchhändlerin – damals hatte ich wirklich was übrig für ihren Hintern, der wie ein Schiff im Sturm schaukelte, wenn sie ging. Also in Japan sagen sie nicht, mein Großvater ist gestorben. Sondern mein Großvater hat Sterben gespielt. Woher wissen das die Japaner?
Der Dichter von diesem Stück ist jedenfalls keiner. Um ein bisschen Leben hineinzubringen, springe ich auf die Bühne. Mal sehen, was die Schauspieler zu einem echten Gespenst sagen, hoffentlich vergessen sie ihren blöden Text.

Nein, sie spielen ihre fade Tragödie weiter, und als Pause ist, klatschen die Leute erfreut und rennen zum Büfett. Ich bleibe, weil die Schauspieler erschöpft in ihre Garderoben gehen, allein auf der Bühne zurück. Ein Jammer, dass ich kein Publikum habe. Ich könnte den Leuten sagen, dass der Tod etwas ganz anderes ist, als sie glauben, und das Leben womöglich auch. Und dabei bin ich erst Anfänger.

»Ein begabter Anfänger. Andere brauchen Jahre oder erlernen es nie.«
Meine Komische Alte! Wo kommt die denn her?
»Ich muss nicht erst sterben«, sagt sie, »um auf Reisen zu gehen. Den Körper hab ich natürlich in der Hofburg gelassen.«
Sie trägt ein giftgrünes Kleid mit Beinschlitz und einem Dekolleté, als käme sie direkt vom Strich.
Ich pfeife anerkennend. Sie lacht bellend, ihre Stimme hat sich nicht verändert. »Wieso«, frage ich, »sind Sie auf einmal …«
»Sie auch«, sagt sie. »Alt wird man nur, wenn man lebt.«
»Sind Sie gestorben?«, erkundige ich mich interessiert.
»Nur vorübergehend«, sagt sie. »Ich verlasse ab und zu meinen Körper. Ohne ihn bin ich …«

Eine flotte Braut.
»Aber kaum bin ich wieder in den blöden Molekülen drin …« Sie seufzt. Scheint nicht wirklich erstrebenswert zu sein, denke ich, und sie nickt.
»In der Pause werde ich Sie in Ihr neues Leben einschulen. Oder vielmehr in Ihren neuen Tod.«
»Bleibe ich jung?«, frage ich interessiert, und sie nickt. Wow! Das einzig Dumme ist, dass keiner mich sieht. Außer der Alten, die gerade eine Junge ist. Oder sollte es umgekehrt sein? Ich will es jetzt wissen, ich will alles wissen, sie soll mir sofort einen Kurs im Totsein geben. Ich will ein perfektes Gespenst sein. Im veilchenblauen Anzug.

SCHULE DES TODES

»Es sollte auch Hebammen für die zweite Geburt geben«, sagt sie. Ich weiß schon, was sie meint. Der Lokführer ist ja auch in lauter Kurse gegangen, um sich zu erinnern, dass er früher Napoleon war.

»Ach was, Napoleon!«, korrigiert sie verächtlich. »Was bei unserem Tod geboren wird, ist die Seele! Paracelsus war übrigens, darüber streiten die Forscher noch, eine Frau.«

Also ich kenne weder Herrn noch Frau Para… und komme mir allmählich wie eine Frühgeburt vor. Nicht lebensfähig. Oder todesfähig.

»Geht den meisten so«, sagt sie. »Weil es nur Hebammen für Lebendige gibt. Seit einem halben Jahrhundert versuche ich schon, einen neuen Berufszweig zu gründen. Und der Erfolg? Die meisten Toten würden in einen Brutkasten gehören.«

»Die Leichen?«

»Nein, die Seelen.«

»Der Zahnarzt hat gesagt, es gibt keine …«

»Wir haben eine Doppelnatur. Welle und Teilchen, Seele und Leib. Sie sind jetzt eine Welle.«

Ich kenne Meereswellen, Radiowellen und Dauerwellen. Die Buchhändlerin hat Dauerwellen gehabt, ebenso gut hätte ich einen Igel streicheln können und tat es auch nur, wenn sie gerade einen Scheck unterschrieb.

»Während des Lebens erscheinen die Seelen einander, wie wir selbst uns im Spiegel, als Leiber. Erlischt das Leben, erscheinen sie einander direkt. Als Teilchen können sie nicht mehr erscheinen, weil es dann keine Teilchen mehr gibt. Sondern nur Wellen, Seelen, Geister.«

Der Zahnarzt würde ihr jetzt ein paar Zähne reißen. Nur ich höre mir auf einer leeren Bühne den Blödsinn geduldig an.

»Zwei Hirnhälften, zwei Fenster. In dem einen erscheint die Welt als Materie und im anderen als Energie. Links sehen wir Teilchen, die Körper bilden, und rechts Wellen. Rechts sehen wir die unerschaffene, links die erschaffene Welt. Eine Welt, die wir selbst fortwährend erschaffen, indem wir sie beobachten, deuten, erklären. Was wir im linken Fenster sehen, halten wir für die Wirklichkeit. Geister erscheinen im rechten Fenster.«

Sie hat keine Ahnung. Geister erscheinen in alten Schlössern. Auf Kreuzwegen. Bei Vollmond. Oder überhaupt nicht. Ich, zum Beispiel, bin noch keinem erschienen.

»Wieso? Mir sind Sie doch ...«
»Das zählt nicht. Sie sind, wenn ich das mit aller Hochachtung sagen darf, verrückt.«

»ES GIBT EINE EINHEIT VON LEBEN UND TOD«

Hat sie das wirklich gesagt? Versteht sie, dass Rosamunde und ich zusammengehören? »Können Sie uns helfen?«, frage ich, und sie sagt: »Vielleicht. Isaak Newton …«

Der Langweiler? Also der kann garantiert nichts für unser Liebesglück tun. »Dieser Sir kann! Schon vor 300 Jahren hat er gefragt, warum die Natur Licht nicht in Materie verwandelt und Materie in Licht.«

»Wen hat er gefragt?«

»Sich selbst. Große Geister fragen immer sich selbst.«

»Und seine Antwort?«

»Gab die Zeit. Wir wissen jetzt, dass beide sich fortwährend ineinander verwandeln. Oder dass sie, wie Dichter schon immer geahnt haben, einander träumen.«

»Rosamunde könnte mich träumen?« Meine Verrückte, die mir im Augenblick sehr vernünftig vorkommt, nickt.

»Kennen Sie das Grinsen der Cheshire-Katze?«

»Ich kenne nur die Murli von der Buchhändlerin. Statt ins Kisterl zu gehen, hat sie überall …«

»Eine Katze sitzt im Baum und grinst. Dann verschwindet die Katze. Aber das Grinsen bleibt.«
»Wer sagt das?«
»Lewis Carroll und Helmut Rauch.«
»Kenne ich nicht.«
»Der Eine hat *Alice im Wunderland* geschrieben. Der Andere ist Quantenphysiker und experimentiert mit dem Grinsen.«
»Was heißt das?«
»Dass man Teilchen von ihren Eigenschaften trennen kann.«
Ich nicke. Zwei Wahnsinnige.
»Oder die Seele vom Leib. Passiert, wenn man stirbt. Man trennt sich.«
Erst jetzt fällt mir ein, ich habe mich von meinem Sparbuch getrennt! Mit Kennwort. Jeder, der es findet, kann … Ich muss Rosamunde sofort das Grinsen offenbaren, ich meine das Kennwort. Dann ist sie reich. Sie verlässt ihren Mörder und baut ein Mausoleum für uns. Wir brauchen unbedingt ein Mausoleum mit Bett! Ich fliege auf der Stelle zu ihr.
»Aber sie ist«, sagt die Alte, »ja noch im Theater.«
Zu spät, ich fliege bereits.

DIE MILCHSTRASSE

Wenn man bedenkt, wie viele Menschen schon gestorben sind! Seit dem Neandertaler müssen es Milliarden sein, Billiarden und noch mehr. In der Unterwelt, falls ich jetzt dort bin, müsste es ein Gedränge geben wie Freitagabend in der U-Bahn. Wo sind die Toten jetzt alle? Wieso bin ich ganz allein tot? Verlaufen die sich im Kosmos? Wo man schon auf der Milchstraße leicht die Orientierung verliert, ich finde nicht einmal den Großen Bären. Rundherum explodieren Sterne, ein Komet fliegt mir auf die Nase. Sind das Sphärenklänge? Hört sich aber wie Zischen an. Total ungemütlich, die Gegend.

Wie weit bin ich schon geflogen? Wenn ich am Ende …? Nein, der Buchhändlerin begegne ich lieber nicht. Auch an denen, die ich – rein beruflich nur – in die Ewigkeit schickte, hab ich kaum ein persönliches Interesse. Hoppala! Da zieht und zerrt wer an mir herum. Als würde eine himmlische Hure mich abschleppen wollen. Pardon, wer sind Sie überhaupt?

»Ich bin ein kleines schwarzes Loch.«

»Was wollen Sie von mir?«

»Schlucken, ich will Sie schlucken.«
»Kommt überhaupt nicht infrage! Ich bin schon vergeben. Rosamunde …«
»Rosamunde verschlucke ich auch.«
Sonderbare Leute trifft man im Kosmos.
»Warum wollen Sie Rosamunde …?«
»Weil ich das schwarze Milchstraßenloch bin. Andere Galaxien haben andere Löcher.«
Ich verstehe nur Bahnhof.
»Was«, frage ich höflich, »machen Sie beruflich? Ich meine, außer …«
»Ich organisiere die Milchstraße.«
Ich hab geglaubt, obwohl ich es nicht geglaubt habe, dass Gott …
»Nein, ich bin«, sagt das schwarze Loch, »der Boss. Die Seele der Sterne.«
»Eine schöne Seele! Verschluckt den eigenen Leib.«
»Und spuckt ihn wieder aus.«
»Schmeckt er nicht gut?«
»Ich verwandle ihn. Strahle ihn heller als Licht aus.«
Hilfe! Das Loch schnappt nach mir.
»Mich verwandeln Sie nicht, ich bin schon verwandelt.«
Nichts wie weg von dem Vielfraß! Wäre ich nur zu Hause. Ah, da ist schon der Mond. Hier ruh ich mich aus. Ein fremder Mann fliegt auf mich zu und

landet gekonnt vor meinen Füßen. Ach so, ich hab keine mehr. Er auch nicht. Ein schwarzer Schatten, der leuchtet wie tausend Watt.

»Gestatten, Itzhak Bentov«, sagt er. »Sie können mich Itz nennen. Kam ausgerechnet bei einem Flugunglück ums Leben.« Er lacht. »Frau Ingrisch meint, ich könnte Ihnen etwas über das kosmische Jenseits erzählen. Möchten Sie wissen, wie das Universum funktioniert?«

Nicht unbedingt. Aber er ist nicht zu bremsen.

»Erstens, es gibt nur zitterndes Bewusstsein. Zweitens, alles verschwindet fortwährend und taucht fortwährend wieder auf. Drittens, im Mittelpunkt jedes Universums befindet sich sein Schöpfer, der aus einem schwarzen und weißen Loch besteht.«

»Ich bin«, sage ich ergriffen, »meinem Schöpfer begegnet. Vielmehr, meinem halben Schöpfer.«

»Hat er Sie«, fragt Itz interessiert, »verschluckt?«

»Nein, ich bin schnell davongeflogen.«

»Da haben Sie was versäumt. Sie würden strahlen!«

»Ich hab mir Gott zwar gar nicht, aber riesengroß vorgestellt.«

»Gott ist winzig klein.«

»Darum erkennen wir ihn nicht?« Er nickt. »Und wenn wir sterben?«

»Leben und Tod sind nur Leere, die schwingt.«

Ich schwinge mich jetzt auch, und zwar in Rosamundes Bett.
»Wir treffen uns im Tetraeder!«, ruft er mir nach. »Tetraeder! Tetraeder!«

NETTE GESELLSCHAFT

Hurra, Rosamundchen liegt bereits neben mir im Bett. Aber was ist mit ihren Haaren passiert? Und was ist überhaupt mit ihr passiert? Entsetzt stelle ich fest, dass ich zwar in Rosamundes Bett liege, aber zugleich auch im Bett der Komischen Alten. Und keine Spur mehr von Strich!

»Das vielleicht letzte Geheimnis der Toten. Sie ziehen sich an, wie sie sich nie im Leben angezogen hätten.« Ich denke schaudernd an meinen veilchenblauen Samtanzug. »Die Toiletten der Seelen sind ein ebenso bekanntes wie rätselhaftes Phänomen. Und dass Sie auf einmal in zwei Betten liegen?« Sie lacht. »Sie sind jetzt eine Welle und können gleichzeitig überall sein.« Am besten, ich gehe gar nicht darauf ein. »Hab Ihren Freund auf dem Mond kennengelernt«, sage ich höflich. »Er hat mir gesagt, dass Gott uns alle verschluckt. Mich auch, und wenn er mich wieder ausspuckt …«
»Ich habe auf Sie gewartet«, unterbricht mich die Komische Alte. »Sie fühlen sich einsam, das ist ganz normal. Alle Toten klagen darüber. Ich werde Sie jetzt in eine nette Gesellschaft einführen.«

Wahrscheinlich will sie mit mir auf den Friedhof gehen. Oder ins Leichenschauhaus. Eine Disco wäre mir lieber. Oder ein Fußballmatch. Warum sollten Tote nicht Fußball spielen? Oder tanzen, ich lerne es vielleicht noch. Angeblich gibt es sogar einen Totentanz.

Ich möchte endlich wieder etwas im Arm halten. Jemanden, der mich spüren kann wie ich ihn. Nein, Sie habe ich nicht gemeint! Hastig stehe ich auf. Die Alte folgt mir. »Gülnare!«, ruft sie. »Komm, Gülnare!«

Eine Asylantin? Wahrscheinlich die Putzfrau. »Mäh!«, antwortet Gülnare. Das Problem, die können alle nicht Deutsch. Egal, auf Konversation lege ich sowieso keinen Wert. »Fräulein Gülnare?«

»Mäh! Mäh! Mäh!« Ein weißes Schaf trottet auf mich zu. Träume ich? Bei mir angekommen, stellt es sich auf die Hinterbeine und legt mir beide Pfoten um den Hals. »Mäh!«

Vor lauter Verblüffung mache ich auch – nein, das glaube ich jetzt nicht. Ich mache auch Mäh, und das Schaf antwortet erfreut.

»Seit wann hält man Tiere in der Hofburg – ist das nicht verboten?«

»Gülnare ist vor einem halben Jahrhundert gestorben«, sagt sie. »Tote sind in der Hofburg erlaubt.

Und? Wie gefällt Ihnen die neue Freundin? Kommt mir wie Liebe auf den ersten Blick vor.«

»Ich hätte mir«, erkläre ich verlegen, »eher Gesellschaft meiner eigenen Art vorgestellt.«

»Haben Sie ja«, versichert sie. Hält sie mich für ein Tier? »Selbstverständlich, für was sonst?«

»Ich bin Gottes Ebenbild«, erkläre ich. »Haben wir in der Schule gelernt. Schafe sind keine Ebenbilder Gottes.«

»Aber selbstverständlich sind sie das! Die Natur ist Gott in den Dingen.«

»Behauptet das auch Ihr Freund vom Mond?«

»Nein, ein anderer Freund: Giordano Bruno. Er wurde vor ein paar hundert Jahren lebendig verbrannt. Zur Strafe.«

Nicht nur mit toten Schafen. Offenbar verkehrt sie auch mit Kriminellen, gleichfalls tot. Kollege also.

»Was hat er ausgefressen?«, frage ich interessiert.

»Es gibt, hat er gesagt, unendlich viele Welten.« Dafür hat er das Feuer verdient, mir ist schon die eine zu viel. »Wie wir heute wissen, hat er die Wahrheit gesagt. Möchten Sie ihn kennenlernen?« Um Himmels willen, nein! Mir reicht schon das Schaf.

»Mäh!« sagt Gülnare vertrauensvoll und reckt mir ihr Köpfchen entgegen. Was erwartet sie von mir, dass ich sie küsse? Und – peinlich von mir selbst überrascht – tue ich das tatsächlich.

»Wui Wui«, ruft die Alte erfreut. »Mumbuduku Bumbuwu! Gättchen! Sabinettchen! Schneeflöckchen! Pelzchen! Zanni! Mea Mea Seidenprinz! Dudelinchen! Tüpferl! Schnäuzlein! Zizi Klapperschlange! Rawuzel! Spiriterl! Fuxi! Iju Mädchen! Goldi! Muzi! Kirscherl! Liliput! Kringlein, Purzel!«

Fremdsprache? Oder eine magische Formel, die einen Zauber bewirkt? Hoffentlich keinen bösen. Gläubig nicht, dazu bin ich zu intelligent. Doch abergläubisch, das gebe ich zu. Abergläubisch bin ich schon immer gewesen: Nie den linken Socken zuerst anziehen, eine schwarze Katze bringt Unglück. Schnell weg!

Nur wohin? Der Zauber war bös. Ein Rudel Katzen stürmt mich wie eine Festung. Ein paar davon kohlrabenschwarz. Am besten drei Kreuze schlagen. Oder gleich beten. Weil mir das Vaterunser nicht sofort einfällt, fange ich mit dem Gegrüßet seist du, Maria an. »Werden Sie still sein!«, schimpft die Alte und rüttelt mich an der Schulter. »Sie erschrecken ja meine Kleinen.«

Die gehören alle ihr? »Zu mir«, korrigiert sie mich und zeigt liebevoll auf die Ungeheuer. »Sie gehören zu mir. Meine Familie, wenn Sie verstehen.«

Nein, verstehe ich nicht. Schon was Menschen betrifft, fehlt mir jeder Familiensinn. Aber Katzen?
»Haben Sie je mit Katzen gelebt?«
»Zum Glück nicht.«
»Da ist Ihnen das Schönste entgangen.«
Inzwischen hat sich das Schönste meiner Hosenbeine bemächtigt, springt mir ins Genick und heult mich an wie den Mond. »Bis auf eins«, sagt die Alte, »sind alle schon Geister.«
Nun hab ich zwar gehört, dass angeblich Maria Theresia in der Hofburg spukt. Auch Maximilian I. wurde schon gesichtet. Aber Katzen? Ein Schaf? »No, Sie spuken ja auch! Oder glauben Sie, dass Sie etwas Besseres sind?«
Bisher schon. Bisher hab ich das geglaubt. Als Schaf habe ich mich jedenfalls nicht gefühlt. Und jetzt ertappe ich mich dabei, dass ich einundzwanzig Katzen, ich habe sie nämlich gezählt, kraule. Sie schnurren und scheinen ganz verrückt nach mir zu sein.
»Tiere spüren es, wenn ein Mensch gut ist. Da!« Und sie reicht mir ein paar Bälle. »Werfen Sie die einfach in die Luft. Sie können auch irgendwas an einer Schnur hinter sich herziehen, egal was, und dann laufen Sie einfach damit herum.«
Ich bin also gut? Bei meiner Karriere? Irgendwie

fühle ich mich erkannt und laufe mit einer alten Socke an der Schnur in der Wohnung herum. Man müsste die Bibel glatt umschreiben. Und dann breche ich völlig grundlos in Tränen aus.

»Sie haben«, sagt die Alte, »eine postmortale Depression. Kommt häufig vor.«

Ich habe *was*? Sie schaut mich verständnisvoll an, und gerade das ist kaum zu ertragen.

»Gehen Sie durch die Wand«, sagt sie freundlich. »Herr und Frau Rosamunde sind schon aus dem Theater zurück.«

Was ich jetzt sage, glaube ich nicht. »Darf ich«, schluchze ich allen Ernstes, »Gülnare mitnehmen? Und vielleicht auch eine Katze?«

»Aber gern!« Sie legt mir einen kleinen roten Kater in den Arm, der mich aus gelben Augen seelenvoll anblickt.

»Das ist Purzel«, sagt sie. »Ein Gefühlsmensch! Gefühlskater, wollte ich sagen. Ausgesprochen sentimental. Übrigens lebt er noch.«

Wieso sieht er mich dann? »Katzen können Geister sehen. Hunde, Pferde, Vögel und Schlangen auch. Hoffentlich macht er keine Scherereien.«

»Was denn für Scherereien?«

»Nun ja, alles, was lebt …«

Meint sie ein Häufchen in Rosamundes Bett?

»Gülnare und Purzel«, sage ich entschlossen. »Aber wie kommt er lebendig durch die Wand?«
»Katzen sind erstaunlich. Sie können sich unsichtbar machen, und eine Wand? Nein, eine Wand ist für sie kein Problem.«

Zu dritt gehen wir durch.

DIE NACHT MIT GÜLNARE

Mit einem Satz springt Purzel auf das Bett und schlüpft vergnügt zu Rosamunde unter die Decke. Was Rosamunde zunächst missdeutet und schlaftrunken »Schatzi«, murmelt. »Komm, Schatzi!«
Purzel fühlt sich angesprochen und schmiegt sich wohlig an ihren Bauch. Aber jetzt bemerkt sie ihren Irrtum und kreischt – leider passt keine andere Vokabel – Rosamunde kreischt: »Eine Katz ist bei mir im Bett!«
»Wie«, brummt Schatzi, »soll eine Katz in dein Bett kommen? Und wegen so was weckst du mich auf!«
»Aber spür doch selber …« Sie grapscht nach seiner Hand, die er ihr ärgerlich entzieht.
Gülnare macht missbilligend »Mäh!«, aber außer mir hört sie keiner. Als ich zu Rosamunde und Purzel unter die Decke krieche, folgt sie mir wie selbstverständlich. Da schmiegen wir uns alle aneinander, es ist wie im Paradies.
»Arschloch«, flüstere ich Rosamunde zärtlich das Kennwort ins Ohr. »Arschloch, Arschloch …« Ist mir zwar etwas peinlich, aber das gemeinsame Mausoleum ist wichtiger. Hätte ich damals schon

von unserer künftigen Liebe gewusst, hätte ich natürlich ein anderes Kennwort gewählt. »Arschloch!«

»Aber ich spüre«, sagt Rosamunde zitternd, »ganz deutlich eine Katze.«
»So, weißt du was?« sagt Schatzi. »Jetzt hast du mich endgültig um meinen Schlaf gebracht. Hat keinen Sinn, länger liegen zu bleiben. Da kann ich gleich aufstehen.« Er zieht sich an, steckt sein Handy ein und sagt nur: »Nerven!« Damit wirft er die Tür zu, und Rosamundchen schluchzt herzzerreißend ins Katzenfell.

Das ist, denke ich, meine Stunde. »Komm, Gülnare! Ich bin Sherlock, und du bist Holmes. Wir beschatten einen Mörder.«
»Mäh!«, macht Gülnare voll Tatendrang. Als würde sie schon immer zu mir gehören, trabt sie eifrig hinter mir her. Diesmal fliegen wir nicht, weil wir Schatzi verfolgen, und ich gehe jede Wette ein, ins Büro ist er nicht unterwegs.

So ist es! Er zieht das Handy aus der Tasche und telefoniert. Danach klingelt er an einem Haus in der Grünangergasse, und sofort geht das Tor auf. Weil es ein altes Haus ist, steigt Schatzi mühsam fünf Stockwerke hoch. Gülnare und ich fliegen natürlich. Oben geht eine Wohnungstür auf, und wir gehen alle zwei hinein.

Eigentlich habe ich eine Dame erwartet, die uns empfängt. Und keineswegs einen halbkahlen, dicklichen Herrn, der sich auf Schatzi wirft wie ein Ertrinkender ins Rettungsboot. »Wie hast du«, stammelt er glückselig, »das nur gemacht?«
»Sie hat wieder einmal gesponnen. Es ist krankhaft, es ist die Hölle.«
Also die habe ich mir anders vorgestellt. Aber Schatzi, statt der Peinlichkeit ein Ende zu bereiten, stammelt jetzt auch. »Mäh«, macht Gülnare und wendet sich desinteressiert ab. Ich nicht. Ich will wissen, was in den Herzen und so weiter dieser beiden Herren passiert, die sich wie Teenager an den Händen halten.
»Und das Geld ist jetzt auch weg«, sagt Schatzi bitter. »Keine Arbeitsmoral!«
»Sch, sch«, macht der andere beruhigend. »Wär vielleicht eh eine Sünde gewesen. Und das Geld, ich bitte dich! Schreibe ich einfach ab. Wo wir uns sowieso dauernd verspekulieren.«

Ich habe über die Liebe nie nachgedacht. Es gibt sie einfach wie andere Geisteskrankheiten. Die normalen wie Religionen, Altruismus, Ideale. Und die wirklich gefährlichen, von denen Politik und Pharmaindustrie leben.

Wenn ich die beiden in ihren dramatischen Posen, für die sie auf jeder Bühne ausgepfiffen würden, denn mit Theater kenne ich mich ja seit Kurzem aus … Wenn ich sie also so anschaue, tun sie mir genauso leid wie Rosamunde. Ich kann mir nicht vorstellen, dass ihre Umnachtung freiwillig ist. Möglicherweise gibt es doch einen Gott, und er hat einen rabenschwarzen Humor.

Ich will nicht darüber nachdenken. Und ich will auch nicht zuschauen, wie die armen Teufel einander aufzufressen versuchen wie hungrige Hunde ein zu großes Stück Fleisch. Die Welt …

DIE WELT GEHÖRT ÜBERHAUPT ABGESCHAFFT!

»Meinst du nicht auch, Gülnare?« Gülnare meint Mäh, aber auf einmal – gehört das auch zu den Wundern des Todes? – verstehe ich, was sie sagt. Als gäbe es eine Ursprache jenseits aller menschlichen Dialekte.

Gülnare hat Heimweh nach dem Stall, in dem sie einst lebte, und nach der Wiese. Sie nimmt mich einfach mit, was sehr nett von ihr ist. Wann hätte ich je Gelegenheit gehabt, in einem Schafstall zu schlafen? Oder munter zu sein, irgendwie ist das jetzt dasselbe. Und ich lerne, was ich nicht erwartet habe, ihre Familie kennen. Die ganze. Nelly, Rosabella, Felix, Mathilde, Bibi, Bubi, Sara, Raba, Suleika. Sie begrüßen mich, als wäre ich eines der ihren. In einem längst vergangenen Stall kuscheln wir uns aneinander und die Komische Alte kommt mit einem Eimer Wasser herein und ist wieder eine Komische Junge.

Obwohl ich nicht an Gott denken wollte, bestimmt nicht, denke ich auf einmal ans Paradies. Und dass es vielleicht kein Ort ist, sondern … sondern …

»Ein Zustand«, sagt der Mann mit dem Bart, der schon lang, weil er berühmt ist, in einem Ehrengrab liegt. Oder auch nicht, die Toten treiben sich herum, wo sie wollen. Ein Zustand der Liebe? Glaube ich nicht. Wenn ich nämlich an meine zerschmetterte Buchhändlerin denke, an Romeo und Romeo …

»Liebe«, erklärt der Mann mit dem Bart, »ist die Erkenntnis der Einheit.« Was Gülnare bestätigt: »Mäh!«

Gülnare bleibt bei ihren Verwandten. Ich aber begebe mich wieder in Rosamundes einsames Bett, und es ist gar nicht einsam. Da liegt sie, aber in ihren Armen liegt schon ein anderer, nämlich Purzel. Hoffentlich hält sie ihn, wenn sie aufwacht, nicht für ein nervöses Symptom oder wie man Erscheinungen eben nennt, zum Beispiel von Heiligen oder der toten Großmutter. Wie gewöhnlich zupft Rosamunde schon wieder an meinem Herzen und so weiter, und so lege ich mich sehnsüchtig zu ihr. Arschloch! Wir werden sehr glücklich sein.

Jetzt schlägt sie die Augen auf und zwinkert, als sie Purzel an ihrem Busen erblickt. Aber das ist normal, ihr kleiner Tick nur.

»Wer«, fragt sie erstaunt, »bist denn du?« Purzel macht ganz leise Miau und leckt ihr die Nase.

»Schatzi!«, ruft sie beglückt. »Schatzi, hast du mir eine Katze geschenkt? Ich hab mir immer eine gewünscht, und du hast es nicht erlaubt. Aber jetzt … O Schatzi, Schatzi!« Voller Dankbarkeit wirft sie sich auf die andere Seite des Bettes, aber die ist leider leer.

»Schon wieder«, jammert sie, »bist du schon wieder in der Arbeit? Der Doktor hat doch gesagt …«

In diesem Augenblick kommt übernächtigt und mit schwarzen Ringen unter den Augen Schatzi zur Tür herein.

»Das vergess ich dir nie!«, ruft sie, und er zuckt zusammen. Ist sie also doch dahintergekommen?

»Woher weißt du …?« Hat der Killer, statt seinen Auftrag ordentlich auszuführen, wofür er schließlich bezahlt wurde, ihn verraten und sie werden ihn gemeinsam erpressen? Oder er kommt überhaupt ins Gefängnis. Wo er schon die Hochzeit mit Romeo geplant hat, was jetzt ja erlaubt ist, sogar in Weiß.

»Ist er nicht süß«, fragt Rosamunde und bringt Schatzi, obwohl er die Welt nicht mehr versteht, auf eine erlösende Idee. Mit ungewohnter Leidenschaft stürzt er sich über Rosamunde beziehungsweise die Katze auf ihrem Kopf. »Süß, jaaa«, murmelt er, während er Rosamunde zielstrebig mit der offenbar vom Himmel gefallenen Katze wie mit einem Kissen erstickt. Rosamunde röchelt erstaunt. »Ja, Schatzi …«

Um sie zu retten, stürze ich mich auf ihn. Doch gelingt es mir nicht, ihn von ihr zu reißen. Ich reiße und würge nur Luft. Zum Glück ist Purzel noch lebendig und schlägt ihm sämtliche Krallen ins Gesicht. Mit einem Schrei lässt Schatzi vom Mord ab, und Rosamunde wischt ihm verwirrt das Blut von der Nase.

»So sinnlich«, flüstert sie mit leicht beschädigter Kehle, »warst du schon lange nicht mehr.« Jetzt ist sie es, die sich auf ihn stürzt, und verbittert tut er, was sie von ihm erwartet.

Mich aber verlangt es nach meiner Komischen Alten wie einen Verkaterten nach Aspirin. Sie muss mir die letzte Nacht erklären. Ich habe sie mit einem Schaf verbracht, ich habe in einem Stall geschlafen, ich habe mit vorwiegend toten Katzen gespielt. Und ich habe Romeo und Romeo im Kabarett des Lebens gesehen. Es war zum Heulen.

LEBEN IST NICHT CHEMIE

»Schatzi wollte Rosamunde mit einer Katze ersticken!«, berichte ich aufgeregt. »Und ich habe mit Gülnare geflirtet, sie hat mich bereits ihrer Familie vorgestellt. Aber Gülnare ist vor einem halben Jahrhundert gestorben.«

»Sie stirbt noch immer«, behauptet die Alte. »Und sie lebt immer noch.«

»Das sind keine Gegensätze?«

»Keine Gegensätze. Wir sind sowohl lebendig als auch tot.«

»Das«, widerspreche ich, »müsste ich doch wissen. Gerade ich!«

»Sie wissen es nicht?«

»Ich weiß, dass ich tot bin!«

»Gülnare lebt, wenn auch auf andere Weise. Leben ist nicht Chemie, Leben ist nicht Physik, Leben existiert unsichtbar in jeder Erscheinung: unzerstörbar, unsterblich, ewig.«

»Sagt wer?«

»Mein Freund.«

»Vom Mond?«

»Nein, vom Tetraeder.«

»Ihr Freund wo?«

»In einem platonischen Körper.«
Ich bereue bereits, dass ich gekommen bin. »Buckminster Fuller sagt, dass es tanzt.«
»Wer oder was tanzt?«
»Das Tetraeder. Stellen Sie sich eine lebendige Pyramide vor.«
Jetzt werde ich aber wirklich nervös. »Können wir«, frage ich, »vielleicht von etwas anderem reden?«
»Zum Beispiel?«
»Von Ihren Katzen«, sage ich. Katzen sind harmlos.
»Katzen leben in vielen Welten.«
»Woher wissen Sie das?«, frage ich, und die alte Hexe macht ein geheimnisvolles Gesicht, was bei Himmelfahrtsnasen schwierig ist und meistens misslingt.
»Wir begegnen uns manchmal«, sagt sie, »in der einen oder anderen.«
Ich weiß nicht, warum die Gespräche mit ihr mich immer ermüden, sogar über Katzen. Sie scheint es zu merken und gastfreundlich macht sie einen kräftigen Schluck aus der Flasche. Als der Irische wohlig durch meine vergangene Kehle rinnt, bin ich für alle möglichen Welten bereit.
»Nicht alle Welten sind materiell«, sagt sie.
»Also unwirklich?«
»Im Gegenteil, wirklicher als wirklich. Katzen treiben sich gern dort herum. Außerdem scheint es gar

keine Materie zu geben. Wellen erscheinen mitunter als Teilchen, so, wie ich als Komische Alte erscheine. Schwinge ich nur ein bisschen schneller, bin ich wer und was total anderes.«

»Ich auch?«

»Ja, Sie auch.«

»Obwohl ich nicht mehr …«

»Der Tod«, sagt sie, »wird gewaltig überschätzt.«

Ich möchte lieber nicht wissen, wie ich anders geschwungen ausschaue. Womöglich würde ich mich vor mir selbst schrecken.

»Würden Sie nicht«, sagt meine Gedankenleserin. »Wissen Sie, was Sie in Wirklichkeit sind? Photonen.«

Erst Bakterien und jetzt gar Photonen? Also beleidigen lasse ich mich nicht. Ich bin … war der athletische Typ: schlank, muskulös. Den Job als Heiratsschwindler hätte ich sonst an den Nagel hängen können. »Was sind Photonen?«

»Was übrig bleibt, wenn wir sterben. Licht.«

Wie aus der Steckdose? Jetzt kenne ich mich überhaupt nicht mehr aus.

»Ich weiß. Wie Alice.«

»Was für eine Alice?«

»Im Wunderland. Und hinter den Spiegeln.«

»Wo ist das?«

»Hier. Der Tod ist das Wunderland, und der Tod ist überall.«
»Das verstehe ich, obwohl ich es nicht verstehe.«
»Elektromagnetisch«, lächelt sie, »sind wir verwandt. Auch wenn ich weder ein Killer noch eine Heiratsschwindlerin bin.« Sie öffnet die Flasche. In diesem Fall sollte ich ihr vielleicht das Du-Wort anbieten?
»Angenommen!« Und sie feiert unsere Verwandtschaft mit einem Doppelschluck.

DIE WEISSE KÖNIGIN

»Diese Alice«, frage ich, »lebte im Wunderland?«

»Ja, und zugleich in Oxford, wo sie in dem College, an dem Lewis Carroll unterrichtet hat, das Treppengeländer herunterrutschte.«

»Dieser Lewis Carroll hat unterrichtet, wie man lebendig tot ist?«

»So kann man es nennen. Obwohl er Mathematiker war. Und ein sehr geniales Kind.«

»Aber Treppengeländer ist er nicht ...?«

»Nein, Treppengeländer ist er nicht heruntergerutscht. Nur Welten.«

»Dieser Professor ist Welten heruntergerutscht?«

»Ja, alle. Am liebsten ist er alle Welten heruntergerutscht. Und festgehalten hat er sich an keinem Geländer.«

»Wohin kommt man, wenn man alle Welten ...?«

»Probier es doch!«

»Du meinst, ich soll ...«

»Merkst du nicht? Ich helfe dir dabei. Schon die ganze Zeit.«

»Ich werde dich nicht mehr Komische Alte nennen, obwohl du natürlich eine bist. Wer wärst du denn gern?«

»Die Weiße Königin«, sagt sie und errötet. »Die Weiße Königin aus dem Wunderland.«

»Wegen deiner Haare?«

»Nein, weil sie das Unmögliche geglaubt hat.«

»Die Welt ist schlecht«, sage ich. »Die Menschen sind falsch, und Glück kann man höchstens im Lotto haben, also überhaupt nicht. Du darfst nur glauben, was du weißt.«

»Aber ich weiß doch nur, was ich glaube«, sagt sie.

Dieses Wunderland ist nicht zufällig die Psychiatrie? Ein Fall von Altersdemenz, nehme ich an. Dass ich das nicht gleich gemerkt habe! Die Wellen, die Teilchen, die tanzenden Pyramiden. Und ich soll Welten hinunterrutschen. Tragisch. Man wird sie in ein Heim stecken. Aber das … Ich fühle ein unbekanntes Gefühl in mir aufsteigen. Das lasse ich nicht zu! Ich werde sie beschützen. Jetzt hab ich schon zwei, die ich beschützen muss. Keine Rede von ewiger Ruhe. Mein Leben hat, beziehungsweise mein Tod, einen Sinn. Ich werde meine neue Aufgabe ebenso gewissenhaft ausüben wie das Killen. Oder den Heiratsschwindel. In beiden Disziplinen habe ich Menschen glücklich gemacht. Beim Killen den jeweiligen Auftraggeber, und beim Heiratsschwindel jede beschwindelte Frau. Auf Zeit, zugegeben. Aber ist nicht alles auf Zeit? Die Liebe, das Glück, das Leben. Ob der Tod auch auf Zeit ist? Darüber möchte ich nicht nachdenken. Und schon gar nicht mit der Weißen Königin.

Singen, hab ich einmal gehört, verzögert die Altersdemenz. Es müssen Lieder sein, die Demenzler schon als Kinder gesungen haben. Ich zermartere mir das Hirn, bevor mir etwas Passendes einfällt, und dann lege ich los:

O Tannenbaum, o Tannenbaum,
Wie treu sind deine Blätter.
Du grünst nicht nur zur Sommerzeit,
Nein, auch im Winter, wenn es schneit,
O Tannenbaum …

Warum singt sie nicht mit, hat sie das Lied auch vergessen? Erstaunt schaut sie mich an. Hat keinen Zweck, weiterzusingen. Musikalisch war ich sowieso nie. Aber das Vergessen geht mir nicht aus dem Kopf. Ich, zum Beispiel, weiß den Vornamen des Lokführers nicht mehr. Und die Buchhändlerin, hieß sie Resi oder Rosi?
Lässt mein Gedächtnis nach? Ist das normal? Vergessen auch Tote schön langsam ihr Leben? Wenn ich es

recht überlege, bestehen wir, bestehe ich nur aus Erinnerung. Aus meinen Erinnerungen an mich selbst. Vergessen die Toten sich selbst irgendwann? Und wenn sie sich vergessen haben …
Sterben dürfte eine Art Alzheimer sein, und gegen beides gibt es noch keine Medizin. Jetzt würde ich gern die Alte fragen! Aber nein, mit solchen Fragen mache ich sie nur noch verrückter, als sie schon ist. Lieber werde ich Rosamunde besuchen.

DER LIEBESBRIEF

Katzen sind so. Auf der Suche nach etwas Essbarem schlüpfen sie überall hinein. Das hat Purzel auch getan und außer Schatzis Jausenbrot einen Brief aus seiner Aktentasche gezogen. Ohne Kuvert.

»Spielen?«, flötet Rosamunde. Sie hebt das Papier auf, formt es zu einem kleinen Ball und wirft ihn in die Luft. Purzel ist begeistert. Wieder und wieder muss Rosamunde den Papierball werfen, und Purzel jagt glücklich hinter ihm her. Plötzlich wirft sie nicht, sondern starrt entgeistert eine zerknüllte Schrift an. Dann setzt sie eine Brille mit rosa Rändern auf und liest.

Das hätte sie nicht tun sollen. Denn die nächste halbe Stunde ist sie ausschließlich damit beschäftigt, herzzerreißend zu schluchzen. Und Purzel, der einen sechsten Sinn für Tragödien hat, ist ihr auf die Schulter gesprungen und leckt geduldig die Tränen ab. Es endet damit, dass sie außer sich den Kater zu küssen anfängt, und in genau diesem Augenblick kommt Schatzi zur Tür herein.

Er bückt sich zur Aktentasche, stellt fest, dass sie offen und geplündert ist. »Mein Jausenbrot!«, schnauzt er. »Das räudige Vieh hat mein Jausenbrot ...« Ärgerlich packt er Purzel und schleudert ihn von Rosamundes Schulter durch die Luft. Da bemerkt er das tränennasse Papier: *Liebling! Ich danke dir für die wunderbare Nacht. Ohne dich ist mein Leben eine Wüste. Ich verdurste …*

»Seit wann kontrollierst du meine Aktentasche?«, fragt er grob und steckt den Brief zurück. »Wenn das noch einmal vorkommt! Da sind Bankgeheimnisse drin und … und Kundenbriefe.« Schon ist er wieder draußen, und die Tür fällt mit einem Krach zu. Ich hätte einen Kniefall oder Ähnliches erwartet. Oder eigentlich nicht, schließlich hat er mich ja engagiert. Kundenbriefe!

Rosamunde hat wieder begonnen, den Kater zu küssen. Offenbar eine nervöse Reaktion. Eine Weile lässt Purzel sich das gefallen, dann rennt er hoffnungsfroh zu seinem Fressnapf, während Rosamunde ihr rot geflecktes Gesicht in beiden Händen vergräbt. Es ist nicht wahr, dass Leiden schön macht.

Was für ein Witzbold hat die Welt nur erschaffen?

»WELCHE WELT?«

Das ist die Stimme meiner Alzheimerin – sie taucht einfach überall auf. Oder tauche ich überall …? Offenbar.

»Na, diese«, sage ich ärgerlich. »Oder gibt es mehrere Welten?«

»Eigentlich gibt es überhaupt keine«, behauptet sie. »Außer, du machst gerade eine.«

»Ich mache eine Welt?«

»Tun alle.«

Ob Rosamunde schon mit dem Weinen aufgehört hat?

Ja, hat sie. Gemeinsam mit Purzel blättert sie in einer Illustrierten. Das Handy klingelt, und ihre Stimme ist Eis, als sie fragt: »Was willst du?«
»Einen Gast? Du willst einen Gast mitbringen? Zum Essen? … Ach so, deinen Chef. Wie spricht man ihn an? Herr Bankdirektor, Herr Generaldi…? … Lischör, sagst du? Er ist sehr leger? … Also gut. Obwohl, wie du weißt, nichts gut ist. Überhaupt nichts!« Sie schleudert das Handy auf den Fußboden, was Purzel sofort als Aufforderung versteht, mit ihr zu spielen. Begeistert schleppt er das Handy in der ganzen Wohnung herum.

Verbittert brät Rosamunde ein Huhn und deckt den Tisch. Sie deckt ihn mit ihrem besten Porzellan, scheint mir, obwohl ich von Porzellan nichts verstehe. Ich bevorzugte immer Kunststoff. Hygienisch und leicht zu reinigen. Wen hätte ich schon beeindrucken sollen, mich selbst?

Da klingelt es, und ich stelle mir einen stinklangweiligen Banker vor. Wenn es nach mir ginge, würde ich wieder den Tauschhandel einführen. Zwei Leichen, ein Automobil. Wahrscheinlich drei Leichen, weil die Preise fortwährend steigen. Wir sind mitten in der Wirtschaftskrise. Auftragsmorde wird sich bald keiner mehr leisten können. Entweder man killt seine Feinde selbst und wandert wahrscheinlich ins Kittchen. Oder man lebt mit denen, mit denen man nicht leben will, und bringt sich, wenn man es nicht mehr aushält, eben um.

»Aber das wäre doch nicht nötig gewesen!« Rosamundes Stimme, als sie einen Strauß Blumen entgegennimmt. Ich habe den Auftritt des Bankdirektors verpasst, und da habe ich wirklich etwas verpasst! Obwohl ich keinen mehr habe, steht mir der Mund offen.
Schatzi ist in Begleitung Romeos gekommen und hilft ihm gerade aus einem sündteuren Mantel, Dior oder so was, ich trage nur Kaufhaus.
Da beide Männer begreiflicherweise etwas schweigsam sind, fühlt Rosamunde sich zur Konversation verpflichtet. »Ich hoffe, Sie sind mit meinem Mann zufrieden?«, erkundigt sie sich bei Romeo, worauf dieser zu stottern beginnt: »O … O … Aber …« Er räuspert sich. »Ein Glücksfall! Ihr verehrter Herr Gemahl ist ein Glücksfall! … Für die Bank«, fügt er schnell hinzu, und obwohl das

Licht gedämpft ist, bin ich sicher, dass er auch noch errötet.

»Das freut mich aber«, versichert die ahnungslose Rosamunde. »Wollen Sie nicht Platz nehmen? Bitte machen Sie es sich doch bequem.« Wenn die Ärmste wüsste, wie gern Romeo es sich bequem machen würde, außerordentlich bequem sogar. »Ich hoffe, Sie essen Brathuhn?«

»Ich hab ganz vergessen, dir zu sagen, dass er Vegetarier ...«

»Meine Leibspeise!«, lügt Romeo und setzt sich so, dass seine und Schatzis Füße sich diskret unterm Tisch berühren. So gefühlvoll berühren, dass Schatzi sich beim Zerteilen des armen Huhns verschneidet und eins seiner Beine direkt in Rosamundes Gesicht landet. Nach einer allgemeinen Schrecksekunde ist sie es, die sich entschuldigt, während der Bratensaft langsam von ihrer süßen Stupsnase tropft, Schatzi ihr einen giftigen Blick zuwirft und Romeo völlig unpassend »keine Ursache« murmelt.

Als er sich das halbe Brathuhn einverleiben will, springt Purzel zielstrebig an Romeo hoch und, ebenso zielstrebig, wieder herunter. Mit der geraubten Keule im Maul, die er genüsslich verspeist.
Rosamunde erstarrt abermals, Schatzi versetzt dem Kater einen Fußtritt, und Romeo schlägt beide Hände zusammen: »Nein, was für ein kluges Tier!«
Danach sagt zuerst niemand etwas. Bis Rosamunde »Es ist mir furchtbar peinlich« versichert.
»Aber wieso denn?«, erkundigt Romeo sich. »Ich bin Mitglied beim Tierschutzverein.«
»Du bist … Sie sind …?«
»Seit heute«, erklärt Romeo liebenswürdig. »Würden Sie so freundlich sein und den Papierkram erledigen?«
»Selbstverständlich«, sagt das Schatzi devot. »Ich melde Sie an, sobald wir wieder in der Bank …«
»Aber nicht zu früh!« Romeo lächelt Rosamunde an. »Jetzt wollen wir noch die Gastfreundschaft Ihrer bezaubernden Gattin genießen.«
Rosamunde lächelt auch, das Schatzi wirft Romeo einen seltsamen Blick zu, und Romeo selbst verfüttert den zweiten Teil seines Brathuhns diskret an den

darob restlos begeisterten Purzel. Die Konversation stockt. Es verspricht, ein interessantes Essen zu werden.

»Torte?«, fragt Rosamunde. »Vielleicht ein Stück Torte?«

»Aber mit Vergnügen«, stimmt Romeo zu. »Womöglich selber gebacken?«

»Ja«, haucht Rosamunde, obwohl ich weiß, dass sie die Torte aus dem Lebensmittelladen hat, und weil sie von gestern ist, mit 50 % Rabatt.

Sie reden über das Wetter, die Politik, das Theater.

»Meine Frau ist keine große Kunstliebhaberin«, bedauert Schatzi. »Nur die Natur, die Natur, die Natur! In den Ferien streiten wir immer, Attersee oder Florenz?«

»Warum machen Sie nicht einmal getrennt Ferien?«, fragt Romeo. »Sie sollten Ihrer liebenswürdigen Frau einen grünen Urlaub gönnen. Nur Himmel, Wasser und die eigenen Interessen!«

»Meine Frau hat Interessen?«, fragt Schatzi unhöflich. »Wusste ich gar nicht.«

»So sind Männer!«, rettet Romeo die Situation. »Außerstande, die weibliche Seele zu begreifen. Ihre Geheimnisse zu erforschen. Ihre geheimen Wünsche zu erraten.« Er schüttelt traurig den Kopf.

Während Schatzi ihn perplex anschaut, seufzt Rosamunde beglückt. Endlich jemand, der sie versteht! Zugegeben, er ist nicht ganz so fesch wie der Eheliche, der noch genug Haare hat. Aber was bedeutet schon ein schöner Körper, wenn die Seele drin die Anmut eines Dromedars hat?

»Kommen Sie bald wieder«, sagt sie, als Romeo ihr zum Abschied die Hand küsst.
»Das werde ich gern tun«, verspricht Romeo, »und das ist eine gefährliche Drohung!« Wie gefährlich die Drohung ist, ahnt Rosamunde noch nicht, als sie ihm verklärt nachschaut, wie er mit Schatzi verschwindet.

»Schon zurück?«, fragt meine Komische Alte, pardon Königin.

»Ihr Mann, mein Auftraggeber, hat seinen Liebhaber zum Essen mitgebracht.«

»Ja, und?«

»Er macht Rosamunde den Hof.«

Meine alte Königin lacht. »Die Welt ist ein Theater, hab ich dir das nicht gesagt? Mit Tragödien, Komödien, Tragikomödien. Wir sind die Komödianten, wir sind die Dichter, und das Publikum sind wir auch.«

Zum ersten Mal verstehe ich, was sie sagt. Nicht ganz vielleicht, und nicht alles, aber doch das meiste. »Im Tod verlassen wir das Theater noch nicht?«

»Erst im zweiten Tod, wenn wir die historische Person aufgeben. Den Informationsleib. Die Rolle. Trotzdem ist die Welt der Lebenden und die Welt der Toten eine einzige Welt. Wir nehmen sie nur verschieden wahr. Der Tod ist eine andere Wahrnehmung derselben Welt. Leben und Tod, Diesseits und Jenseits sind so wenig voneinander getrennt wie du und ich.«

»Nein!«, protestiere ich, das wäre ja noch schöner. »Du bist kein Killer, und ich habe nicht Alz… pardon!« War vielleicht nicht sehr höflich. Aber sie scheint nicht beleidigt zu sein.

»Wir existieren«, sagt sie, »in mehreren Zuständen.«

»Die sich nicht ausschließen?«

»Die sich ausschließen. Die sich nicht ausschließen. Vergiss Aristoteles!«

Wie soll ich jemanden vergessen, den ich nie kennengelernt habe?

»A ist B!«, sagt die Alte, »und Gegensätze küssen sich.«

Gegensätze tun *was*? Also nein, ich halte sie nur mehr in immer kleineren Dosen aus.

Inzwischen ist es Nacht geworden, und wir liegen zu dritt im Bett. Rosamunde, Schatzi und ich. Zu viert eigentlich, Purzel hat sich zu Rosamundes Füßen gekuschelt. Sie schläft nicht, kann offenbar nicht mehr schlafen. Schatzis Untreue nagt an ihr.
»Seit wann«, fragt sie, »geht das schon so?«
Schatzi, schlaftrunken: »Seit wann geht was so?«
»Du und die andere Frau.«
»Es gibt keine andere Frau.«
Im Gegensatz zu Rosamunde weiß ich, dass Schatzi recht hat.
»Und der Brief?«
»Was für ein Brief?«
»›Liebling, ohne dich ist mein Leben eine Wüste.‹«
»Ohne mich? Aber du hast mich ja!«
»Ich hab nicht dich gemeint.«
»Wen denn? Außer der Katze ist ja sonst niemand da!«
»›Ich verdurste!‹«
»Soll ich dir ein Glas Wasser holen?« Schatzi steht tatsächlich auf und geht in die Küche.
Sie schüttet ihm, das hätte ich ihr nie zugetraut, das Wasser ins Gesicht. Purzel springt erschrocken aus

dem Bett. Schatzi wischt sich ärgerlich das Gesicht ab. »Du beschuldigst mich wegen eines Geschäftsbriefs?«
»›Liebling! Ich danke dir für die wunderbare Nacht.‹«
»Keine Ursache«, höhnt er. »Da merkt man, dass du keine Ahnung vom Bankwesen hast. Das sind Geheimcodes, verstanden? Für Transaktionen in Liechtenstein. Über geheime Spekulationen der Bank.«
»Seit wann spekuliert eine Bank geheim?«
»Würde sie es öffentlich tun, käme sie sofort ins Gefängnis. Ihr Generaldirektor vielmehr.«
»Der mit dem Brathuhn?«
»Du schienst ja sehr beeindruckt von ihm zu sein.«

Warum nicht von mir? Ich verzehre mich nach ihr. Dass ich unsichtbar bin, ist keine Ausrede. Eine Frau muss so etwas fühlen. Auch unglückliche Liebe kann mit der Zeit langweilig werden. Also besuche ich wieder die Verrückte, groß ist meine Auswahl ja nicht.

EINE AMPHIBIE DES SEINS

Sie schläft auch nicht, warum? Liebeskummer dürfte sie kaum mehr haben. Rheumatismus vielleicht?

»Nein«, sagt sie. »Du verstehst überhaupt nichts.«

Wie ich sie kenne, wird sie mir leider alles erklären.

»Ich bin nämlich«, fängt sie schon an, »weder eindeutig lebendig noch eindeutig tot. Also schlafe ich auch nicht eindeutig und bin nicht eindeutig wach. Ich existiere zwischen den Zuständen. Kannst du dir das vorstellen?«

»Nein, kann ich nicht. Ich war immer Entweder-Oder. Entweder hungrig oder satt. Entweder gut bei Kasse oder schlecht. Entweder …«

Sie unterbricht mich ungehalten. »Daran ist nur Aristoteles schuld.«

»Dass ich gerade gut oder schlecht bei Kasse war?«

»Nein, am Entweder-Oder. Weil alles Sowohl-Als-Auch ist. Klar?«

Sonnenklar. Sternenklar. Milchstraßenklar. Ich möchte sie nicht schon wieder zu haarsträubenden Monologen ermuntern.

»Ich bin«, fährt sie trotzdem fort, »eine Amphibie des Seins.«

Hält sie sich für eine Art Lurch? Im Wasser lebend, und auf dem Land auch? Sicherheitshalber gehe ich nicht näher darauf ein.

»Drum kann ich dich sehen«, sagt sie. »Hören, fühlen. Weil ich dazwischen bin. Nicht nur zwischen Leben und Tod. Auch zwischen Wachen und Schlaf.«

»Ist das nicht sehr unangenehm?«

»Manchmal schon«, gibt sie zu. »Aber dafür habe ich viel mehr Welt.«

Mehr vom Theater? Jetzt fange ich auch schon zu grübeln an. Hat die verrückte Schraube mich angesteckt?

»Welt oder Theater. Der Spielplan hängt von deinen Hirnhälften ab«, sagt mein Gedanken lesender Lurch. »Erinnerst du dich?«

Keinesfalls! Kommt überhaupt nicht infrage, dass ich mich an die blöden Hirnhälften erinnere.

»Die linke rechnet und die rechte singt«, behauptet die Irre.

Ich hab noch nie ein Hirn singen gehört, weder rechts noch links.

»Und von deinen Antennen«, fährt sie fort. »Antennen sind das, womit du die Welt sendest und empfängst.«

»Ich sende und empfange die Welt?«

»Ja«, sagt sie. »Nicht nur du. Obwohl jeder sie anders sendet und empfängt. Denk an Himmel und Hölle!«

»Warum soll ich … Und ausgerechnet an die Hölle, warum soll ich an die Hölle denken?«

»Bis ins Mittelalter haben die Menschen Himmel und Hölle ausgesendet und empfangen.«

»Jetzt nicht mehr?«

»Nicht denselben Himmel und fast keine Hölle mehr.«

»Aha«, sage ich und frage nicht einmal, wovon sie spricht. Gibt dafür wahrscheinlich gar keine Wörter.

»Aber verschwunden sind sie deshalb nicht. Sie sitzen noch immer in deinen Genen. Wie Gut und Böse. Strafe und Lohn. Vor allem die Angst vor der Strafe.«

Nicht direkt die Hölle. Aber eine Art Fegefeuer sind diese Gespräche für mich schon. Ob das mit dem Killen womöglich doch nicht in Ordnung war? Und jetzt werde ich mit dieser Lurchkönigin bestraft.

»WIR ERSCHAFFEN NICHT NUR UNSERE DIESSEITIGE, SONDERN AUCH UNSERE JENSEITIGE WELT«

»Die Seele ist eine Kugel.«
»Warum kein Dreieck?«
Sie schaut mich scharf an. »Hat dir das Bucky souffliert?«
»Ich kenne keinen Bucky.«
»Ich auch nicht persönlich. Leider. Ein Genie! Und viel zu wenig bekannt. Buckminster Fuller.«
»Der mit der Pyramide tanzt?«
Sie ist freudig überrascht. »Du erinnerst dich also an ihn?«
»Dunkel«, wehre ich ab. »Sehr dunkel.«
»Tetraeder!«, sagt sie mit glänzenden Augen. »Ein von vier gleichseitigen Dreiecken begrenzter Körper. Seine vier Ecken, die man auch Orte, Sterne oder Ereignisse nennt, können sich zu verschiedenen Zeiten an verschiedenen Orten aufhalten. Eine Art metaphysisches Atom. Wir vier – du, Buckminster Fuller, der Mann im Mond und Lotte Ingrisch – sind ein Tetraeder.«
»Und Gülnare?«, frage ich aufgebracht, obwohl mir ein komplettes Rätsel ist, wovon sie spricht. »Immer-

hin haben wir eine Nacht miteinander verbracht. Und mit dir, nichts für ungut, möchte ich überhaupt nichts sein und schon gar kein Tetrabums.«

»Tetraeder«, korrigiert Buckys Freundin geduldig. »Das Tetraeder verliert sich im Universum und findet sich wieder.«

»Wann, wo?«

»Wenn das Leben hier stirbt und dort wiedergeboren wird.«

Dass ich diese Gespräche überhaupt aushalte, ohne den Verstand zu verlieren!

»Leben ist nicht das, was wir sehen«, sagt sie. »Leben ist abstrakt, schwerelos, unsterblich.« Für Tote ist das Leben auf jeden Fall einsam. Außer einem Lurch verkehrt kein Mensch mit mir.

Dankbar denke ich an Gülnare, an die Katzen.

Vielleicht lerne ich auch noch jemand anderen kennen? Einen Kanarienvogel, einen Elefanten oder ein Schwein. In der Zeitung hab ich gelesen, dass Schweine sehr intelligent sind. Da gäbe es interessantere Gespräche als mit der Verrückten.

SCHUTZENGEL

Rosamunde ist zum Glück keine Seele, sondern zum Anbeißen. Sie frühstückt gerade. Der himmelblaue Schlafrock steht ihr entzückend und versagt keinen Blick ins Paradies. Leider klingelt es, und wer steht vor der Tür? Romeo! Romeo solo und ohne Blumenstrauß diesmal. Er entschuldigt sich umständlich für seine Anwesenheit.
»Ich hoffe, ich störe nicht allzu sehr. Aber Ihr lieber Mann hat sein Handy vergessen oder verloren, und da ich ganz in der Nähe war, bat er mich … Es macht Ihnen doch nichts aus?«
Höflich fragt sie, ob er schon gefrühstückt hat. Nein, hat er nicht. »Wenn man so allein lebt wie ich …« Und dabei schaut er ihr mitleiderregend in die Augen. In die Augen, nicht ins Dekolleté. Was hat er vor? Will er jetzt, nachdem das mit dem Killen schiefgegangen ist, bei ihnen einziehen? Und sie einfach vergraulen? Oder gar selbst …

Purzel, in der Hoffnung auf Brathuhn, sitzt bereits auf seinen Knien, während Romeo geziert ein weiches Ei verspeist. Selbst wenn es das letzte in ihrem Kühlschrank war, ist das kein Grund, zu flennen.

Warum Rosamundes Augen schon wieder übergehen, ist mir ein Rätsel. Romeo widmet sich mit übertriebener Aufmerksamkeit seinem Ei. Aber irgendwann ist es gegessen. »Probleme?«, fragt er, ohne sie anzuschauen. Rosamunde antwortet nicht.
»Betrachten Sie mich«, sagt Romeo mit verlogener Milde, »als Freund. Schon um Ihres wunderbaren Mannes willen. Er ist viel mehr als nur mein Vizedirektor. Er ist die Seele der Bank.« Dass Banken eine Seele haben, wäre mir neu. Rosamunde offenbar auch, denn sie lacht. Es ist aber ein bitteres Lachen. Und dann platzt es aus ihr heraus. »Schatzi …!« Romeo hebt erstaunt die Augenbrauen. »Nein, nein. Mein Mann. Ich rede von meinem Mann. Er hat eine Freundin.«
Romeo zuckt, als hätte ihn eine Wespe gestochen, zusammen. Das Frühstück verspricht, spannend zu werden. »Wie kommen Sie darauf?«, fragt Romeo unsicher. Die Aktentasche erwähnt Rosamunde nicht, so gescheit ist sie. Es könnten ja auch Bankgeheimnisse dringelegen haben, und Aktentaschen von Bankern sind, auch für Ehefrauen, tabu.
»Ich hab es entdeckt!«, triumphiert Rosamunde. Wie ein Physiker, der ein neues Teilchen entdeckt hat.
»Und Sie können sich nicht« – noch hofft Romeo – »geirrt haben?«

»Ausgeschlossen. Ich habe Beweise. Natürlich leugnet er.«

Armer Romeo. Ich sehe ihn förmlich denken: Ist sie uns draufgekommen? Oder betrügt er mich allen Ernstes mit einer Frau?

»Das wäre, ganz abgesehen von Ihrer Ehe, mehr als unangenehm. Gerade in Zeiten wie diesen, wo das Vertrauen der Anleger und Sparer in Banken rapide sinkt, geradezu eine Katastrophe. Als Vizedirektor ist er in alle ... alle ...« Über alle kriminellen Spekulationen, vermute ich, informiert. Was er natürlich nicht aussprechen will.

»In Situationen wie diesen wäre ein ... ein ...«

»Ein Verhältnis?«

Wie cool sie das sagt. Und keine Tränenströme mehr, ihre Augen funkeln vor Zorn. »Eine Affäre«, bestätigt Romeo niedergeschlagen. »Es gibt genug historische Beispiele für den Verrat von ...«

»Bankgeheimnissen?«

»Zum Beispiel.«

Nach einer langen Pause, in der beide entrüstet vor sich hin starren: »Wir sollten uns verbünden, gnädige Frau.« Rosamunde nickt mit Feuereifer. »Schon der politischen, der finanzpolitischen Sache wegen.«

»Ihre Finanzpolitik schert mich einen Dreck!«

So kenne ich sie gar nicht. Meine süße, sanfte Rosamunde! Offenbar hat sie noch eine zweite Natur im Schlafrock oder wo immer versteckt. Eine ganz andere zweite ... »Sehr wohl, Gnädigste, sehr wohl. Es geht vor allem ums Menschliche.«

Jetzt fühlt sie sich verstanden. »Was schlagen Sie vor?«

»Hier sind«, sagt er und zieht eine teure Visitenkarte hervor, »meine E-Mail-Adressen und sämtliche Telefonnummern. Die Ihren habe ich ja.« Sie wundert sich nicht, wieso er sie hat. Dankbar steckt sie seine Karte ein.

»Ab sofort bleiben wir in Dauerkontakt.« Fragend schaut sie ihn an. »Wir müssen, zu seinem eigenen Schutz, auf ihn aufpassen. Uns gegenseitig informieren, wann er das Haus verlässt, wann er heimkommt und wo er sich dazwischen aufhält. Einfach über alles informieren, damit eine gefährdete Person nicht sich selbst und der Bank unwissentlich Schaden zufügt.«

»Wie in einem Krimi?«, fragt Rosamunde aufgeregt.

»Wie in einem Krimi«, bestätigt der Generaldirektor. »Von jetzt an sind wir Verbündete!«

»Sie können sich«, versichert Rosamunde, »auf mich verlassen. Mein Mann wird keine Geheimnisse haben, die wir nicht kennen.«

»Keine Geheimnisse!«, bestätigt Romeo mit einem nur halb unterdrückten Grollen in seiner Stimme. »Darauf sollten wir vielleicht …?«
»Ich hab aber nur Bier da.«
»Ich darf Sie selbstverständlich auf ein Glas Champagner einladen, darf ich?«
Rosamunde schaut an ihrem Schlafrock herunter. »Obwohl es noch Vormittag ist?«
»Es gibt Momente im Leben, da schaut man nicht auf die Uhr.« Er lächelt sie an, und nach einer kurzen Pause lächelt Rosamunde zurück. Aber das Handy liefert sie ihm nicht aus, wer weiß, was sie da drin noch alles findet!
»Von jetzt an sind wir seine Schutzengel. Wir werden ihn«, droht Romeo, »streng überwachen!«

Genial! Muss ich gleich meinem Lurch erzählen. Sie hat mich bereits erwartet.

»Die Seele«, wiederholt sie, als hätte niemand und nichts unser Gespräch unterbrochen, »ist also der jenseitige Mensch. Aber nicht erst nach dem Tod! Wir sind schon lebendigen Leibes jenseitig, also Geister. Haben eine Doppelnatur wie das Licht, das sowohl als Teilchen wie auch als Welle auftritt. Und jetzt verrate ich dir ein Rätsel, das die Physik gerade zu lösen anfängt. Nicht nur die Welle! Auch das Teilchen kann gleichzeitig überall sein.«

Triumphierend schaut sie mich an. Ich hab den Unterschied zwischen Welle und Teilchen noch immer nicht begriffen, vielleicht gibt es gar keinen?

»Vielleicht«, sagt sie und lächelt mich sonderbar an. »Wellen können als Teilchen erscheinen und Teilchen als Wellen.«

»Heißt das, Tote erscheinen als Lebende und Lebende als Tote?« Sie nickt. Wiedergeburt! Weiß ich alles vom Lokführer.

»Ich rede nicht von Wiedergeburt. Du stirbst, unterbrichst dich selbst, zerfällst. Dabei gibst du Energie ab. Weil aber Energie nicht verschwindet, taucht sie wieder auf.«

»Ich tauche wieder auf?«

»Was dir passiert, passiert jedem Stern.«

»Sterne arbeiten als Berufskiller?«

»Nicht ganz falsch. Sterne fressen sich gegenseitig auf. Man nennt es Sternkannibalismus.«

Sterne sind ja noch total primitiv! Wir machen das schon seit Jahrtausenden nicht mehr. Nicht in Europa. »Und, tauchen sie wieder auf?«

»Genau wie du.«

»Bin ich dann noch derselbe?«

»ICH, sagt Buckminster Fuller, scheint ein Verbum zu sein.«

Also ich ganz bestimmt nicht! Obwohl ich nicht genau weiß, was ein Verbum ist.

ERSCHEINE ICH DOPPELT?

Obwohl ich noch bei der Alten bin, sitze ich auf Rosamundes Sofa und halte Purzel im Arm. Wie angenehm ist, statt mit dieser, die Konversation mit einer Katze! Miau? Miau. Ausgesprochen gemütlich.

Rosamunde schläft. Romeo hat sie mit Champagner vollgepumpt. Geschickter hätte er es nicht anstellen können. Jetzt hat er jedenfalls die totale Kontrolle. Wenn er wüsste, dass er eifersüchtig auf sich selbst ist!

Hoffentlich verhöre ich mich und Rosamunde schnarcht nicht wirklich. Wieso bin ich gleichzeitig da und dort? Daran werde ich mich, fürchte ich, nie gewöhnen. Dabei hätte ich eher erwartet, überhaupt nirgends zu sein. Wirklich, der Tod steckt voller Überraschungen.

Rosamunde ist aufgewacht, herzt ihren Kater, schaut ihm tief in die Augen und flüstert:

»Ich glaube ...« Jetzt bin ich aber neugierig, was sie glaubt. »Ich glaube«, flüstert sie und versteckt ihr Gesicht in Purzels rotem Fell. »Ich glaube, ich hab mich verliebt.«

In mich? Rosamunde hat sich in mich verliebt! Es ist ja sonst niemand da. Wie nur hat die Süße mich, den der Tod unkenntlich machte, erkannt? Frauen haben angeblich einen sechsten Sinn. Jetzt weiß ich, es stimmt. Wunderbare Rosamunde! Und sie hat kein bisschen geschnarcht, ich hatte immer schon was mit den Ohren. Außerdem, warum hätte sie Lehrerin bleiben sollen? Bei ihrem Zartgefühl! Wo die Kinder heutzutage ihre Lehrer ungestraft quälen dürfen wie früher nur ihre Haustiere. Wir werden glücklich sein, Arschloch! Sehr glücklich im Mausoleum.

DER SCHWARZE MANN

Es klingelt an der Tür. Wer besucht Rosamunde? Schläfrig taumelt sie zur Tür und öffnet. Ein Mann mit schwarzer Maske und einem Fleischermesser in der Hand schiebt sie einfach zurück und steht jetzt drohend mitten im Zimmer. Vor Schreck erstarren wir alle zwei.

»Wer sind Sie?«, flüstert Rosamunde angstvoll. »Was wollen Sie von mir? Das Geld ist unter der Matratze. Die Banken, sagt mein Mann, sind alle Verbrecher.«
Der Räuber scheint gar nichts rauben zu wollen. Hat der Himmel meine geheimsten Wünsche erhört? Mit erhobenem Messer stürzt er sich auf sie und verschließt ihr, als sie zu schreien anfängt, mit der freien Hand den Mund. »Stich zu!«, bete ich. »Stich zu, und wir sind endlich im Tode vereint. Stich!«
Schon richtet er das Messer auf ihr Herz, da springt Purzel ihm mit einem Satz auf die Schulter. Dabei verrutscht die Maske des Mörders. Rosamunde gibt ihm einen Kuss und lacht fröhlich.
»Was du für Schabernack treibst!« Sie nimmt ihm das Messer aus der Hand. »Lieb von dir, ich wollte genau so eines kaufen.«

»Es war nur wegen … wegen des Brathuhns«, stammelt Schatzi und erwidert notgedrungen Rosamundes Kuss. Übermütig setzt sie sich die schwarze Maske auf. »Nun, wie schaue ich aus?«

»Zum Fürchten«, sagt Schatzi und räumt das Messer traurig zum übrigen Besteck in die Kredenz.

Das Problem ist jetzt, da sie leider noch lebt: Wie komme ich an mein Sparbuch und mein Sparbuch in Rosamundes Handtäschchen? Oder Höschen? Oder wo immer sie es finden muss, und dann? Womöglich rennt sie zur Polizei und gibt es ab. Habe ich Verwandte? Nicht dass ich wüsste. Auch keine Kinder, väterliche Gelüste haben mich nie heimgesucht. Erbt dann der Staat?
Warum habe ich kein Testament gemacht? Gut, ich habe niemandem, den ich kannte, eine Erbschaft vergönnt. Und mein Opfer, ich meine Rosamunde, habe ich erst kennengelernt, als ich schon tot war. Aber was wäre, wenn …?
Können Tote ein Testament machen? Sogar dem Gesetz nach wäre das der letzte Wille. Der allerletzte. Wenn ich zu einem Notar ginge, der ein Medium ist … Aber wo finde ich einen Notar, der ein Medium ist? In Afrika vielleicht, falls es Notare dort gibt. Aber hier?
Ich werde die Alte fragen. Die ist verrückt genug, um vernünftig zu sein. Und schon bin ich bei ihr. Feine Sache, der Leichenexpress. »Weiße Königin«, sage ich, weil ich ja etwas von ihr will. »Ich hab mich verliebt.«

»Ja«, sagt sie gefühllos. »Weiß ich schon. So was passiert, da kann man nichts machen. Es ist wie mit dem Regen. Irgendwann hört er wieder auf.«

»Du verstehst nicht das Problem«, sage ich, »wahrscheinlich bist du dafür schon zu alt. Aber sie ist lebendig, und ich bin tot.«

»Das ist«, sagt sie, »kein Problem. Ganz im Gegenteil. Kein Streit. Kein Scheidungsanwalt. Kein Rosenkrieg.«

»Wieso Rosenkrieg?«, frage ich. »Sie hat ja mein Sparbuch noch gar nicht.«

Und dann erzähle ich ihr alles. Die Höhe meiner Honorare, meinen spartanischen Lebenswandel und den Traum vom Mausoleum.

»Aber sei nicht enttäuscht, wenn sie nicht dort einzieht«, sagt sie. »Deine Rosamunde hat sich nämlich verliebt. Sie auch.«

»Ja«, bestätige ich freudestrahlend. »In mich!« Sie schüttelt mitleidig den Kopf.

Davon versteht sie nichts mehr. Liebe ist nur eine Erinnerung, die sie gerade vergisst. »Wie«, frage ich, »macht man als Leiche ein Testament?«

»Das ist doch ganz einfach«, sagt sie. »Du diktierst mir, ich schreibe und fälsche deine Unterschrift. Dann breche ich bei dir ein und lege das Testament in die Brotdose.«

Habe ich die Alte jetzt wirklich geküsst? Ja, offenbar, denn sie lacht bellend. Nun ja, man tut alles Mögliche, wenn man sich freut. Man springt in die Luft oder gibt doppelte Trinkgelder, was mir sonst nie passiert ist. Allerdings ist mein Leben ziemlich rar an Freuden gewesen.

»Im Vollbesitz meiner körperlichen und geistigen Kräfte«, diktiere ich, obwohl das mit den körperlichen nicht stimmt, »setze ich hiermit zu meiner Universalerbin Rosamunde …«
»Es gibt keine Rosamunde«, erklärt die Alte bedauernd. »Deine Universalerbin heißt Aloisia.«
Das gibt mir einen Stich. Als hätte mich eine Gelse gebissen, und am liebsten würde ich mich jetzt kratzen. Ich habe mich in keine Aloisia, sondern in Rosamunde verliebt!
»Ein und dieselbe Person«, sagt die Alte, aber das stimmt nicht. Wenn am Anfang das Wort war, wie ich im Religionsunterricht gelernt habe …
Ich bin nicht religiös. Aber unreligiös auch nicht. Und der heilige Paulus – der fortwährend Briefe geschrieben hat, weil es damals noch keine E-Mails gab; heute hätte er sich viel leichter getan – hat die Liebe für das Wichtigste im Leben gehalten, wahrscheinlich im Tod auch.

»Liebst du Aloisia?«, fragt die Alte.
»Aber ich kenne sie doch gar nicht!«
»Du wirst sie noch kennenlernen.« Warum grinst sie jetzt? »Die meisten Toten würden ihre Testamente am liebsten zerreißen.«
Es war Rosamunde, die ich geliebt habe. Wohin nur ist Rosamunde verschwunden? Ich gehe sie suchen …

ALOISIA SCHREIBT EINE SMS

Sie sitzt da und schreibt eine SMS. Ich lese natürlich mit. Besonders interessiert, als ich merke, dass sie an mich gerichtet ist.

»Wie soll ich ihn ansprechen?«, fragt sie sich selbst. Klar, ich habe mich noch nicht vorgestellt. »Obwohl wir einander kaum kennen, sagt mir mein Herz …« Sie löscht das Herz wieder. »Sie gaben mir zu verstehen …« Was heißt das? Deutlicher konnte ich kaum werden. Obwohl die Abwesenheit eines gewissermaßen für Deutlichkeit zuständigen Körperteils … »Die Situation ist ungewöhnlich.« Kann man laut sagen! »Verstehen Sie, was ich für Sie empfinde?« Alles! Ich verstehe alles. Aloisia schreibt eine SMS an mich! Das ist die neue Technik. Überwindet den Raum, die Zeit und sogar noch den Tod. Aloisia! Was für ein seltener Name. Rosamunde heißt bald eine. Aber eine Aloisia ist mir noch nie begegnet. Aloisia, wie geheimnisvoll das klingt. Wie poetisch. »Ich gehe«, schreibt sie, »heute Nachmittag um vier im Stadtpark spazieren. Am Ententeich.«

Ich komme!

ÜBERRASCHUNG AM ENTENTEICH

Ein Rendezvous, ich habe ein Rendezvous. Vielleicht können wir gleich das Mausoleum besprechen. Aloisia probiert ein halbes Dutzend Kleider vor dem Spiegel, bevor sie sich für ein ziemlich kurzes Röckchen und einen sehr engen Pulli entscheidet. Irritiert schaue ich ihr beim gründlichen Make-up zu. Eigentlich mochte ich Weiber nie, die anders ausschauen als sie selbst. Aber dass Aloisia sich für mich schön macht, rührt mich beinahe zu Tränen.

Mit zärtlichen Gefühlen flattere ich hinter ihr her in den Stadtpark. Sie setzt sich auf eine Bank und hält ihr Gesicht in die Sonne. Die weiße Rasse ist ungern weiß. Ist ihr offenbar peinlich. Kein Wunder bei den Gräueln, die sie den Farbigen angetan hat. Aber dafür kann Aloisia nichts.

Ich setze mich zu ihr. Küsse ihre linke Hand, küsse ihre rechte Hand, und als ich beim Mund angelangt bin, springt sie auf und … Das darf doch nicht wahr sein!

Aloisia springt auf und wirft sich Romeo – wo kommt der auf einmal her? – an den Hals.

Meine Universalerbin wirft sich dem Liebhaber ihres

Ehemanns an den Hals. Können Tote auch Albträume haben? Nicht nur ich. Wie mir scheint, hat Romeo ebenfalls einen Albtraum. Stocksteif steht er da und spreizt beide Arme ab, statt sie um Aloisia zu legen. Aha, der Champagner. Offenbar hatten alle zwei einen Rausch, und da weiß man nie, was passiert. Ein Knastbruder, aber nur wegen Steuerhinterziehung, hat einmal seiner eigenen Putzfrau einen Heiratsantrag gemacht. Dabei war es nur Rotwein. Danach durfte er seine Wohnung selbst putzen, weil es damals noch keine Ausländer gab.
Aloisia scheint nicht zu bemerken, dass sie eine Salzsäule umschlingt. Rosamunde mit ihrem Feingefühl hätte das längst … Ach so, Rosamunde ist ja Aloisia. Umgekehrt auch. Wirklich verstanden hab ich die Welt nie.

»Wegen Schatzi musst du kein schlechtes Gewissen haben«, sagt sie. »Er betrügt mich ja auch.«
»Unverständlich«, murmelt Romeo, der sich endlich an seine guten Sitten erinnert.
»Einen Mann wie dich hab ich noch nie gekannt«, zwitschert Aloisia. Glaube ich gern. Obwohl der Prozentsatz überraschend hoch sein soll. Ein Vorteil, wir sind ohnedies übervölkert. Und Liebe darf fallen, wohin sie will.

Meine Liebe ist allerdings in den Gully gefallen. Hätte ich nur kein Testament gemacht! Vielleicht geht der Staat ohnehin in Konkurs, bei diesen Schulden! Dann hat Aloisia nichts davon, keinen Cent.

Das vergönne ich ihr! Gerade gibt sie sich die größte Mühe, Romeo zu küssen. Der würde am liebsten in den Ententeich springen. Hin- und hergerissen zwischen Anstand und Verzweiflung versucht er, eine wild gewordene Aloisia zu bändigen. Und mit der wollte ich ein Mausoleum teilen? Andererseits, wenn ich an die großen Irrtümer der Geschichte denke, begangen von lauter Kapazitäten wie Caesar, Napoleon oder dem Papst …

»Die Natur!«, sagt sie, und er: »Was für eine Natur?«

»Die, in der du allein mit mir sein willst, ohne Schatzi. Meine geheimen Wünsche errätst. Und obwohl der Ententeich nicht das Meer ist, die Natuuur …«

»Wir könnten ja«, schlägt Romeo hoffnungsvoll vor, »einmal ins Naturhistorische Museum gehen. Uns die Gerippe von Dinosauriern anschauen. Sehr bildend, sehr interessant.«

Völlig desinteressiert an Sauriern, nestelt sie an ihrem Pullover und hält ihm ihre Brüste vor die Nase. »Das da sind keine Gerippe!« Romeo gibt einen Hustenanfall vor.

Ich versuche nachzurechnen, wie lang ich noch tot sein muss. Ist heute nicht schon der dritte Tag? Drei Tage lang bleibt man angeblich man selbst. Bin schon neugierig, wer ich dann sein werde.

Jetzt habe ich direkt Appetit auf eins dieser seltsamen Gespräche mit der Alten, die immer eine Strafe für mich waren. Direkt Appetit …

FRAGEN UND ANTWORTEN DÜRFEN NICHT HEIRATEN

Sie sitzt an ihrem Laptop. »Wie geht es Gülnare?«, frage ich.

»Hat mich vor einer halben Stunde besucht. Sie lässt dich schön grüßen.«

Allmählich gewöhne ich mich daran, dass Lebende und Tote irgendwie durcheinandergeraten. Scheint keinen Eisernen Vorhang zwischen beiden Welten zu geben. »*Einer* Welt«, sagt die Alte, »in vielen Zuständen.«

»Und ich? Bleibe ich in allen Zuständen derselbe?«

»Eine Frage, auf die es viele Antworten gibt«, sagt sie. »Fragen und Antworten dürfen nicht heiraten.«

Ich aber frage mich nur, wie ich Aloisia für ihre Treulosigkeit bestrafen kann. Das ist jetzt die interessanteste Frage für mich, und ich würde gern wenigstens eine Antwort darauf kennen.

»Spuk einfach bei ihr!«, sagt die Alte, die mich liest wie die Zeitung.

»Im weißen Nachthemd mit *Huhu*? Ich mache mich doch nicht lächerlich. Und ein weißes Nachthemd trage ich nicht einmal als Gespenst.«

Sie redet, sagt sie, nicht von Nachthemden, sondern

von Hypnose und Besessenheit. »Eine uralte Technik. Frühere Kulturen haben sie alle beherrscht. Als Geist fährst du in Aloisia hinein, und sie tut, was du willst.«

»Nein, in Aloisia fahre ich nie wieder hinein. Ich hab direkt einen Abscheu …«

»Dann halt in Romeo! Eine Rache, die Spaß machen wird. Und während du wartest, bis sie vom Ententeich zurückkommt, denkst du dir etwas Lustiges aus.«

Also, das funktioniert nie!

WIR SIND ALLE ASTRONAUTEN

Ich warte, während Aloisia sich bemüht, Romeo zu verführen. Sie bemüht sich schon ziemlich lang, und ich werde immer trauriger. Beim besten Willen fällt mir nichts Lustiges ein.
Bekommt Aloisia Besuch? Ein sehr kleiner Herr mit sanften Augen hinter einer dicken Brille kommt singend durch das geschlossene Fenster geflogen. Statt eines weißen Nachthemds trägt er einen schwarzen Anzug, Gespenst dürfte er also keines sein. Ein Zustand vielleicht?

»Our earth is a spaceship,
A spaceship, a spaceship,
And we are astronauts!«

»Ich bitte um Entschuldigung«, sage ich höflich. »Aber ich spreche leider nicht Englisch. Und sonst ist niemand zu Haus.«
»Gestatten«, sagt er und verbeugt sich direkt vor mir. Offenbar sind wir, da wir einander sehen können, beide tot. »Buckminster Fuller, 1895 bis 1983.«
Mein erster Toter! Außer natürlich Gülnare und dem Mann im Mond. Jetzt habe ich endlich Kollegen.

»Und was die englischen Vokabeln betrifft«, beruhigt er mich, »es gibt eine kosmische Sprache, die jeder in seiner eigenen versteht.« Obwohl er auf Englisch weitersingt, erkenne ich tatsächlich jedes Wort.
Singe ich am Ende jetzt mit? Der Tod scheint Talente in uns zu entfalten, die wir nie gehabt haben.

»A spaceship in heaven,
In heaven, in heaven,
We are celestial astronauts!«

»Allerdings«, sagt er und hört plötzlich mit dem Singen auf, »wir haben keine Bedienungsanleitung.«
»Dann können wir jederzeit abstürzen?« Ich erschrecke, obwohl ich bereits abgestürzt bin. »Oder gar explodieren. Zerplatzen. Verbrennen.«
Er schüttelt lächelnd den Kopf. »Wir sind Ereignisse. Events. Ich bin ein metaphysischer Geist.«
»Sie sind was?«
»Kinder und Tote sagen Du zueinander.«
»Weil man, wenn man tot ist, ein Kind wird?«
»Ein Kind werden kann. Es gibt aber keinen Tod.«
»Ich war Heiratsschwindler«, bekenne ich, »und Berufskiller.«

»Macht nichts«, sagt er. »Jeden Tag kannst du ein neues Paradies erschaffen.«
Oder einen neuen Romeo? »Bist du«, frage ich ehrfürchtig, »der Tetrabums?«
»Lotte Ingrisch schickt mich. Wir sind Teile voneinander«, erklärt er.
»Wie eine Familie?« Weil ich noch nie eine hatte, bin ich auf einmal ganz aufgeregt.
»So ungefähr. Wir heißen Tetraeder.«
»Ich weiß schon. Die Komische Alte hat mir den ganzen Unsinn erzählt.«
»Gib acht auf den Unsinn! Das Rote Meer ist noch offen. Wir müssen die Botschaft herausholen, bevor es sich wieder schließt.«
Meint er Flaschenpost? Von Gott persönlich vielleicht?
»Unser Tanz macht alles unsterblich«, sagt er.
»Wieso, ich hab geglaubt, ich bin tot? Außerdem Nichttänzer.«
»Wir fließen als Energie durch das Universum. Schwerelos, metaphysisch. Verlieren uns immer wieder und werden immer wieder geboren.«
»Du und ich?«
»Das Tetraeder. Sonne, Mond und Sterne sind nur winzige Teile eines lebendigen Ganzen, das sogar die Kraft unserer Phantasie übersteigt.«

Also meiner Phantasie sicher. »Die Menschheit«, fährt Buckminster Fuller unverdrossen fort, »macht einen Fehler, wenn sie glaubt, Leben ist das, was wir sehen. Leben ist unsichtbar.«

So wie ich? Aber ich weiß nicht einmal, was Leben ist, geschweige ein Tetraeder. Hab ich nicht in der Schule gelernt. »Synergie«, sagt mein Besucher. »Ein Programm des Universums. Ein Phänomen, in dem verschiedene Kräfte zusammenwirken. Wir sind ein System.«

»Du und ich?«

»Ja. Aber zwei sind zu wenig. Vier Wesen oder Sternereignisse sind unsichtbar miteinander verknüpft.«

Ich bin mit überhaupt niemandem verknüpft. Ich war immer ein Einzelgänger.

»Vier Wesen! Egal, wann und wo es uns gibt. Auch, wenn es uns gerade nicht gibt, weil wir periodisch verschwinden.«

Wenn wir sterben, klar. Durch meinen Tod bin ich praktisch verschwunden.

»Nein«, sagt er. »Es ist anders. Wir schalten uns ein und wir schalten uns aus.«

»Wie das Licht? Hat der Mann im Mond auch gesagt, und dass alles zittert.«

»Vibriert.«

»Gehört er zur Familie?«

»Itzhak Bentov? Natürlich. Und jetzt pass gut auf: Die berührbare Welt *ist* Bewegung, das haben er und die alten Tibeter erkannt. Keine Ansammlung bewegter Objekte, sondern Bewegung an sich. Die Bewegung selbst lässt Dinge erscheinen.«

»Dich auch?«, frage ich. »Bist du auch nur Bewegung?«

»Sicher«, sagt er. »Bewegung ist Veränderung. Ohne Veränderung gibt es keine Wirklichkeit. Hört die Bewegung auf, werde ich unscharf und verschwinde.«

»Wohin geht das, was periodisch verschwindet? Und was passiert mit uns, während wir an- und ausgehen?«

»Bewegst du dich schneller als die Zeit, bist du überall. Die Allgegenwart ist ein Zustand absoluter Ruhe.«

Das verstehe ich, obwohl ich es nicht verstehe. Vielleicht, weil heute schon der dritte Tag ist? Ich verändere mich ja wirklich!

»Es gibt«, lächelt der kleine Mann, »ein ganzes Spektrum an Wirklichkeiten. Das sind verschiedene Zustände des Bewusstseins. Du kannst sie wechseln.«

»Ich kann meine Wirklichkeit wechseln?« Dann möchte ich sofort wieder lebendig sein und Aloisia eine knallen.

»Um die Wirklichkeit zu wechseln«, sagt Bucky, »musst du nur schneller oder langsamer schwingen.« Damit fliegt er wieder zum Fenster hinaus.

ICH SPUKE!

Aloisia rührt trübselig eine Suppe um, der Ententeich war also kein Erfolg. Jetzt schmust sie mit Purzel, weil sonst niemand zum Schmusen da ist. Wieso hab ich nicht gemerkt, dass sie ein Doppelkinn hat? Und die goldenen Löckchen auf ihrem Kopf sind an den Wurzeln braun wie Kuhfladen. Die ganze Welt ist doch ein einziger Betrug. Hätte ich nur nicht gespart! Wäre ich, statt mit der Tramway, in einem Rolls-Royce gefahren …

Ich überlege mir gerade, was ich noch alles bereue, als mir die Buchhändlerin einfällt. Ich bereue, dass ich sie nicht geheiratet habe. Ich bereue, dass ich sie unglücklich machte. Ich bereue ihren Tod. Und als hätte ich sie beschworen, steht sie auf einmal in meinem Gemüt und sagt: »Hast du das schöne Gespensterbuch vergessen, das ich dir zu Weihnachten geschenkt hab?«

Ich erinnere mich an singende Totenschädel, heulende Werwölfe. Und an den Geist eines Kamels, der in den Zirkusdirektor fuhr. Der Ärmste ließ sämtliche Tiere frei und kam vor Gericht, weil erschrockenen Spaziergängern Elefanten auf den Boulevards begegneten. Tanzbären kamen in die Sonntagsmesse,

und ein Mann fand statt seiner Frau einen satt und zufrieden schlafenden Löwen im Ehebett.
Die Erinnerung macht mich sentimental. Ich würde ihr am liebsten einen Heiratsantrag machen.
»Du hast mir bereits fünfzehn Heiratsanträge gemacht«, sagt sie. »Und nur keinen sechzehnten mehr, weil mein Konto im Minus war.« Ich weiß nicht, können Tote heiraten? Sie bleibt mir die Antwort schuldig, und im Moment habe ich sowieso anderes zu tun. Denn Romeo steht mit einem Gummibaum vor der Tür.

»Ich hab geglaubt …«, flüstert Aloisia ehrlich erstaunt.
»Ich auch«, flüstert Romeo, obwohl außer dem Kater und mir niemand da ist.
»Ich hab auch geglaubt. Und dann kam es über mich.«
»Was kam über dich?«
»Das weiß ich selbst nicht«, bekennt Romeo wahrheitsgemäß.
Aloisia greift verdutzt nach dem Gewächs. »Was ist das?«
»Ein Gummibaum. Etwas anderes hat das Blumengeschäft nicht gehabt. Du wolltest allein mit mir in der Natur sein.«

Aloisia holt verdattert zwei Sessel, und dann sitzen sie Hand in Hand unterm Gummibaum. »Ich liebe dich«, sagt Romeo scheu.

Muss ich sofort der Alten erzählen! Aus Dankbarkeit schon, denn ohne sie …

Noch immer hockt sie an ihrem Laptop wie Frau Holle am Brunnen. »Ich bin in Romeo gefahren«, berichte ich aufgeregt, »und …«

»Weiß ich«, winkt sie ab. »Er wird jetzt so lang mit Aloisia unterm Gummibaum sitzen, bis dir etwas Neues einfällt. Also nutzen wir die Zeit für deine Bildung. Heute ist der dritte Tag!«

»Fließe ich durchs Universum?«, frage ich.

»O«, lacht sie. »Du warst mit Bucky zusammen.«

»Verstanden hab ich ihn noch weniger als dich. Was ist ein Tetraeder?«

»Eine Art metaphysisches Atom«, sagt sie. »Besteht aus vier Teilchen.«

»Ich gehöre zur Familie«, erkläre ich stolz. »Bin ein Sternereignis.«

»Das müssen wir feiern«, sagt sie und holt den Irischen. »Willkommen im Tetraeder!« Gemeinsam trinken wir den ersten Schluck.

»Du schwingst von Stunde zu Stunde schneller«, lobt sie mich.

»Und wenn ich so schnell wie der Urknall bin, weiß ich dann alles? Was Leben und Tod ist, die Materie, ich selbst … Obwohl, was ich selbst bin, möchte ich einerseits wissen und andererseits lieber nicht.«

»Leben, Tod, Materie, du selbst … alles Bewegung. Bewegung erschafft eine Hierarchie von Wirklichkeiten. Und was den Urknall betrifft, vergiss ihn. Ein Mythos.«

KOSMISCHE LIEBE

»Vor einem halben Jahrhundert«, sagt die Alte, »habe ich mich in ihn verliebt.«

»In wen?«, frage ich neugierig. »In wen hast du dich verliebt?«

»In Buckminster Fuller.«

»Du kennst ihn, hast du gesagt, gar nicht persönlich.«

»Persönlich nicht.«

»Obwohl ihr ein Tetraeder seid?«

»Elektronen, Protonen, Neutronen und Quarks kennen einander vielleicht auch nicht persönlich.«

»Wer sind diese Leute?«

»Teilchen. Diese Leute sind Teilchen in einem Atom.«

»Sind die Teilchen ineinander verliebt?«

»Glaube ich nicht«, sagt die Alte. »Obwohl, unmöglich ist nichts.«

»Wie hast du dich in Bucky verliebt?«

»Ich hab irgendwo ein Zitat von ihm gelesen.«

»Götz?«, frage ich schmunzelnd.

»Nein, nicht das Götz-Zitat. ›Ich scheint ein Verbum zu sein.‹«

»Ich nicht!«

»Wir alle. Obwohl wir uns einbilden, Personen zu sein.«

»Und Jahwe, Allah?«

»Verschiedene Verben.«

»Aber Gott selbst, der gewisse Eine?«

»Gott ist ein Verbum und kein Substantiv.«

»Ich weiß, Bucky hat es mir vorgesungen. Ein Verb ist ein Zeitwort, ein Tätigkeitswort?«

»Richtig.«

»Und ein Substantiv?«

»Ein Hauptwort, ein Dingwort.«

»Gott ist also kein Ding?«

»Nein, Gott ist kein Ding.«

»Und die Liebe?«

»Ist kein Gefühl, wie wir glauben. Bucky nennt sie die Schwerkraft. Unerschöpfliche Allgegenwart. Vollkommenes Erkennen. Schwerkraft ist kosmische Liebe.«

Apropos!

Aloisia und Romeo sitzen noch immer unterm Gummibaum. Dass ihnen nicht langweilig wird! Ich muss endlich für Action sorgen. Tue ich, aber Romeo stellt sich so ungeschickt an, dass beide statt im Bett auf dem Fußboden landen. »Ich habe noch nie mit einer Frau …«, stottert Romeo, während Aloisia ihn zielstrebig zu vergewaltigen beginnt. Geht nicht gerade kosmisch dabei zu. Bin ich froh, dass ich zu einem anderen Tetraeder gehöre!

Wo kommt die Alte auf einmal her? »Schau weg!« Und ich halte ihr schnell die Augen zu. »Zwei Zeitwörter machen sich gerade lächerlich.«

»Das Geschlecht«, gibt sie zu, »ist kein so guter Choreograph.«

Wir schweigen beide. »Das Ballett des Lebens«, sagt sie endlich, »tanzt in den Sternen und Atomen.«

»Gibt es auch ein Ballett des Todes?«

»Die Evolution hat zwei Richtungen. Wie der Urknall, praktisch dasselbe. Die Evolution ist der biologische Urknall.«

»Wie ändern beide die Richtung?«

»Sie kehren einfach um.«

»Der Mensch, meinst du, wird wieder zur Amöbe?«

»Nicht direkt. Er absolviert noch einmal die ganze Ahnenreihe. Aber im Retourgang.«

»Die Zeit hat auch zwei Richtungen?«

»Abgesehen davon, dass es sie nicht gibt, hat sie zwei Richtungen. Wie der Raum. Er dehnt sich aus und zieht sich wieder zusammen. Das Universum ist dann ein Punkt.«

»Das Sterben hab ich mir einfacher vorgestellt.«

»Weil du noch nicht ganz tot bist. Sterben fängt viel früher an und hört viel später auf. Sterben ist, wie das Leben, ein langer Prozess. Aber es gibt nicht nur Leben und Tod, die vielleicht beide ein Traum sind.«

»Und wenn wir erwachen?«

»Sind wir ALLES und NICHTS. Gibt es kein ICH mehr und kein DU.«

»Kann ich vorher Aloisia noch eine schmieren?«

»Dann musst du dich aber beeilen.«

Sie sind noch immer nicht fertig. Der Anblick der schamlos Kopulierenden widert mich an. Romeo, dieses Weichei, hat Freudentränen in den Augen. »Ich hab nicht gewusst, dass Liebe so schön ist«, stammelt er. Ich verfluche ihn in aller Geschwindigkeit, ich kann das. Schon als Kind habe ich Leuten, die ich nicht mochte, Schielen oder Genickstarre gewünscht. Hat auch jedes Mal funktioniert. Ich überlege kurz, ob seine Bank pleitegehen soll. Aber in meiner Gutmütigkeit lasse ich ihn nur für drei Monate impotent werden.
»Was ist los?«, fragt die soeben um ihren Orgasmus gebrachte Aloisia. »Was hast du auf einmal?«
Romeo starrt entsetzt auf seinen schrumpfenden Freudenspender. Ich gebe meiner treulosen Erbin rasch eine Dachtel, die sie zwar nicht spürt, aber prompt und voll Zorn an ihren welken Romeo weitergibt.

Das Leben ist schön!

Schatzi stürzt ganz aufgeregt zur Tür herein. »Herzipinki«, sagt er mit unerwarteter Inbrunst, »du hast soeben eine Erbschaft gemacht!« Da erblickt er Romeo, der inmitten seiner abgeworfenen Ober- und Unterwäsche sitzt, und erstarrt.
»Das bin nicht ich selbst«, beteuert Romeo, da muss ich ihm recht geben. »Ich war von einem bösen Geist besessen.« Also bös würde ich nicht unbedingt sagen, da tut er mir unrecht.

»Also *ihr*«, fragt Aloisia, die langsam zu begreifen beginnt, fassungslos. »*Ihr* seid das Liebespaar?«
»Ja«, wispert der unselige Romeo.
»Nein!«, donnert Schatzi und versetzt seinem Bankdirektor einen Tritt, dass der vollends im Wäschehaufen versinkt. »Mein ehemaliger Chef hat sich nur falsche Hoffnungen gemacht. Aber wieso …« Und zum ersten Mal schaut er Aloisia genauer an. »Wieso bist du eigentlich nackt?«
Noch bevor Aloisia diesen Umstand erklären oder vielmehr nicht erklären kann, fährt er fort: »Spielt im Augenblick keine Rolle, wir haben Wichtigeres zu besprechen. Ich habe einen Anruf vom Notar bekom-

men. Das Testament eines Unbekannten ist plötzlich aufgetaucht. Wir sind reich!«

»Wieso *wir*?« Wie Gott sie schuf, geht Aloisia zum Geschirrschrank, nimmt den Revolver aus der Zuckerdose und schießt dem verblüfften Schatzi ins Herz. Sie putzt den Revolver an Romeos Unterhose ab und drückt ihm die Waffe in die stark zitternde Hand. Dann ruft sie mit ihrem Handy die Polizei. »Hilfe! Ein Mord!«

DIE TETRAEDER-PARTY

Ein Glücksfall, wenn Gerechtigkeit zur Komödie wird. So gelacht habe ich schon lange nicht mehr.
»Jetzt bin ich bereit!«
»Kein Wunsch offen?«, fragt die Alte.
»Keiner.«
»Das ist gut. Offene Wünsche versauen einem nämlich die ganze Erlösung.«
Interessant: Ihr Zimmer ist ein blühender Garten, und im Apfelbaum sitzen zwei Herren, die ich bereits kenne. Buckminster Fuller und Itzhak Bentov. Bucky, Itz, die Alte und ich sind, wenn ich das richtig verstanden habe, ein Tetraeder.
»Was«, frage ich schüchtern, »muss ich jetzt tun?«
»Mach, was du willst«, sagt Itz. »Du trittst gerade aus der objektiven in die subjektive Zeit ein. Die subjektive Zeit ist nicht materiell, und alles ist möglich. Nur in der materiellen Zeit bist du an deine Geschichte gebunden. Jetzt bist du frei! Du bist gleichzeitig überall und kannst überall alles tun.«
Da kann es sich eigentlich nur um das Paradies handeln. Der Tod ist ja ein Haupttreffer! Schon sehe ich alle von mir Gemeuchelten, wie sie mir applaudieren

und vor lauter Dankbarkeit Kusshändchen zuwerfen. Ich war ein Wohltäter, und jeder ordentliche Papst müsste mich auf der Stelle heiligsprechen. Hätte ich das früher gewusst, ich wäre schon als Baby aus dem Kinderwagen gesprungen.

»Sind wir jetzt«, frage ich, »Seelen?«
»Aber nur«, mischt Bucky sich ein, »wenn du Seelen als Verben begreifst.«
»Stimmt«, pflichtet Itz ihm bei. »Jede Seele ist ein Prozess. Verändert sich fortwährend.«
»So was Ähnliches wie Seelenevolution?«
»So was Ähnliches. Und vergiss die Substantive! Es gibt keine.«
»Und das Licht?«
»Leuchtet.«

Ich weiß, was Bucky von ihm hält. Aber Itz? »Glaubst du«, frage ich, »an Gott?«
»Selbstverständlich«, sagt er.
»Als Substantiv oder als Verb?«
»Als Tetraeder«, antwortet Itz, und jetzt bin ich perplex. Die Alte kichert. Merkwürdigerweise ist sie schon wieder jünger geworden, und ihre Haare werden zunehmend rot. Diese subjektive Zeit ist wirklich ein Rätsel.

»Jedes Tetraeder erschafft ein Ebenbild von sich selbst.« Hat sie das gesagt? Das würde ja, da es eine Menge Tetraeder gibt, eine Menge Götter bedeuten und eine Menge Ebenbilder von ihnen.
»Stimmt«, sagen Itz und Bucky im Chor. Und ich hab geglaubt, die Vielgötterei ist längst abgeschafft!

Die Weiße Königin beugt sich über mich. »Du wirst gleich aufwachen«, sagt sie. Was, ich hab nur geträumt? »Das Leben, und den Tod auch. Aber es gibt noch ein Drittes!«

»Was nach jedem Weltuntergang bleibt, sind Photonen.«

Hat Bucky das gesagt? Itz? Die Komische Alte? Aber die sind gar nicht mehr da. Ich auch nicht. Bin ich endlich untergegangen?

Ich sehe nur Licht. Ich bin Licht. Und bewege mich, logisch, mit Lichtgeschwindigkeit. Was bedeutet, ich stehe still. Keine Zeit, keine Bewegung, keine Welt. Nichts.

Ist es das Ende oder der Anfang? Verwandelt Licht sich wieder in Materie, Raum und Zeit? Ist Licht lebendig oder jenseits von Leben und Tod? Das geheimnisvolle Dritte? Das Jesus, den wir zweitausend Jahre lang missverstanden haben, die Erlösung nannte?

Die Auferstehung aus uns selbst.

Weitere Bücher von Lotte Ingrisch

Die doppelte Lotte

Humorvoll und charmant erläutert Lotte Ingrisch das Doppelgänger-Phänomen.

Print: 978-3-485-01358-1, E-Book: 978-3-485-06005-9
nymphenburger

Reiseführer ins Jenseits

Alles zum Thema Sterben und Weiterleben nach dem Tod – informativ und mit augenzwinkernder Leichtigkeit.

ISBN 978-3-485-01326-0, *nymphenburger*
auch als Hörbuch: ISBN 978-3-7844-4229-7, Langen*Müller* Hörbuch

Die Erde – unterirdisch, überirdisch, außerirdisch

Die Erde ist ein lebendiger Organismus, mit einem Leib wie wir und einem Bewusstsein – eine faszinierende neue Sicht auf das Leben.

ISBN 978-3-485-01320-8, *nymphenburger*

Die schöne Kunst des Sterbens

Der ebenso seriöse wie vergnügliche Reiseführer ins Jenseits, die Gebrauchsanweisung für das Leben nach dem Tod.

ISBN 978-3-485-01151-8, *nymphenburger*

Unsterblichkeit

Wir sind nicht tot, wenn wir sterben. Das Leben geht weiter – Lotte Ingrischs Jenseits-Protokolle.

ISBN 978-3-485-01212-61, *nymphenburger*

Physik des Jenseits

Lotte Ingrisch, mit der Physik der Geister wie der Quanten gleichermaßen vertraut, hält das überzeugende Plädoyer für eine neue Sicht der Dinge.

ISBN 978-3-7844-6002-4, Langen*Müller*

»Der Himmel ist lustig«

Eine Liebeserklärung an die Transzendenz.

ISBN 978-3-7844-2924-3, Langen*Müller*

Der Geister-Knigge

Lotte Ingrisch gibt, was Knigge versäumt hat: praktische Ratschläge für den Umgang mit Geistern.

ISBN 978-3-7844-6015-4, Langen*Müller*

Die neue Schmetterlingsschule

Die Schmetterlingsschule erlaubt Phantasie, Kreativität und bereitet Kinder auf sinnvolle Arbeit im kommenden Zeitalter vor.

ISBN 978-3-7844-3063-8, Langen*Müller*

Eine Reise in das Zwielichtland

Waldviertel – das keltische Tibet. Packend beschreibt Lotte Ingrisch, wie die Grenze zwischen Diesseits und Jenseits überschritten wird.

Mit CD, ISBN 978-3-85002-595-9, AMALTHEA

»Die ganze Welt ist Spaß«

Ein Leben in Anekdoten – die unterhaltsame Autobiografie aus dem Diesseits.

ISBN 978-3-85002-787-8, AMALTHEA